奇諾の旅 VI

——the Beautiful World——

時雨沢 惠一 KEIICHI SIGSAWA
插畫●黑星紅白 ILLUSTRATION KOUHAKU KUROBOSHI

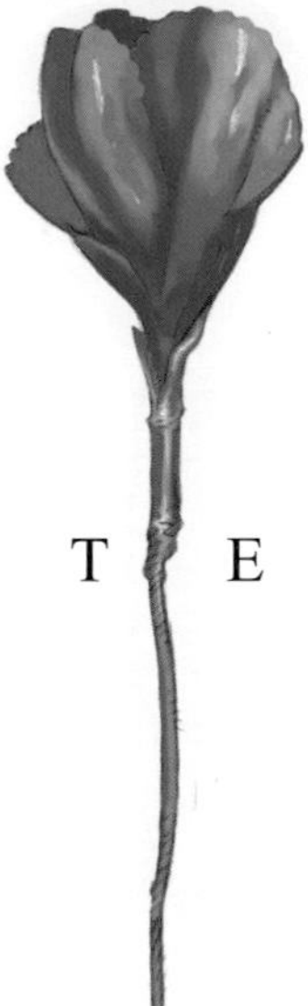

CONTENTS

扉頁「無法進入之國」—Reasonable— 3

「中立的故事」—All Alone— 6

「戰車的故事」—Life Goes On.— 10

序幕「誓言・b」—a Kitchen Knife . b— 14

第一話「她的旅行」—Chances— 18

第二話「她的旅行」—Love and Bullets— 44

第三話「煙火之國」—Fire at Will!— 56

第四話「有領袖之國」—I Need You.— 86

第五話「無法忘卻之國」—Not Again— 108

第六話「安全之國」—For His Safety— 140

第七話「旅行途中」—Intermission— 184

第八話「帶著祝福」—How Much Do I Pay For?— 202

尾聲「誓言・a」—a Kitchen Knife . a— 244

行李中有許多值錢的物品。
此時，有兩名旅行者恰巧路過。他們打算將值錢的物品據為己有，雙方吵得僵持不下。
正當他們爭得不可開交時，剛好一位師父帶著長相英俊但個子稍矮的男性伙伴經過。她支開正準備互相殘殺的兩人，詢問到底發生了什麼事。
兩人說明情況之後，向後來才到場的師父問道：
「妳要站在哪一邊？」
「麻煩連同你們兩人的錢，共給我三人份吧！」
師父跟男人舉起說服者，朝那兩個人說道。

「戰車的故事」

—Life Goes On.—

有個旅行者名叫奇諾。

奇諾雖然很年輕，但說服者的槍法卻是天下無敵手。

和奇諾一同旅行的伙伴是一台名叫漢密斯的摩托車。他的後座已經改裝成載貨架，上面堆滿了行李。奇諾畢竟是名旅行者，曾造訪過形形色色的國家。

某日中午時分，奇諾和漢密斯在森林裡休息。

在光線昏暗的蒼鬱森林裡，她們突然聽到樹木被壓倒的劇烈聲響。鳥兒們也驚慌地四處飛竄。

「那是什麼東西啊？」

奇諾嚇了一跳，從原本坐著的倒樹站了起來。

「啊，是戰車耶，奇諾。」

停在羊腸小徑的漢密斯說道。樹木被撞倒的聲音越來越大，甚至還感覺得到地面在震動。

接著，一輛浮游戰車出現了。

它在森林中壓出一條和自己車體同寬的道路，來到了奇諾與漢密斯的面前。隨著最後一棵樹劈哩啪啦地倒下，戰車停了下來。它浮游的高度差不多跟奇諾一般高。在被巨大的車身和裝甲所包圍的旋轉砲台上，還散落著些許斷枝與雜草。

「嗨，摩托車！還有這位騎士！」

戰車開口說話。

「戰車你好，浮昇器的狀況如何？」

漢密斯問道。

「嗯，還不賴。不過最近我也沒有飛很高啦。」

戰車回答完之後反問：

「你們在做什麼？」

「我們正在旅行——你呢？」

奇諾抬頭望這個龐然大物問道，戰車回答「問得好」之後又說：

「我在找戰車。」
「找戰車？」
「是的。」
「找到後要做什麼？」
漢密斯問道。
「當然是予以摧毀囉！」
奇諾看了一眼漢密斯說：
「摧毀？你的意思是說用主砲轟擊？」
「沒錯，畢竟我最強的武器就是這挺兩百釐米的滑膛砲。」
戰車邊搖晃著向前突出的砲管邊回答奇諾的問題。那砲管呈長筒狀，砲管中間的部份略粗。從前端到底部畫有許多白色的細線，看起來有點像斑馬。
「為什麼要這麼做呢？」
「因為那是命令。」
「命令？」
「是的。」
戰車上下搖晃著砲管。漢密斯問：
「誰下的命令？」
「是戰車長，以前唯一坐在我裡面的人類。」
「以前？那現在他人呢？」
「以前他都會坐在座位上對我下各種命令或幫我做維修。我們歷經許多次戰爭，也曾收拾過不少敵人。你們可以看看我砲管上的擊毀標記。其實還不止這些，但是已經沒地方再畫了。很了不起吧？——不過戰車長卻在半年前的一場戰鬥中陣亡了。當時流彈從沒關緊的閘門飛進來，在車內不斷彈跳。他掙扎沒多久就死了。後來他的肉體腐爛，現在只剩下軍服、鋼盔及一堆白骨了。想看嗎？」
「不了，謝謝。」
奇諾彬彬有禮地婉拒了。
「那麼，你所說的命令是？」
「嗯，是戰車長在臨死前對我下的命令。他命令我破壞一台砲管右側有三條紅色直線，左側畫有一隻貘的黑色戰車，並要將它完全破壞。自從我接到這個命令後，就一直到處尋找。雖然我配備了無論晝夜、下雨或起霧都能看見對方的優秀光學探測器，但不管找了多久以來都找不到它。由於在戰場上遍尋不著，於是現在只能像這樣四處尋找。對了旅行者，你們有看過嗎？過去曾見過這樣的戰車嗎？」

「沒有。」

奇諾搖頭回答。

「這樣啊……不過我還是會繼續找下去的，而且絕對要找到！絕對！——因為那不僅是我必須完成的任務，也是我應盡的責任。」

戰車喃喃自語般地說道。

「是嗎……我們打算在這裡稍作休息後就出發。」

奇諾說道。

「是嗎？那我要走了，我還得到處找找呢。再見了，摩托車和旅行者。」

戰車再度往前進。它一面浮起，一面毫不猶豫地撞倒沿途的樹木。筆直地往前進。

「………」

奇諾不發一語地望著浮游戰車遠去的背影。

這時候一旁的漢密斯問道：

「他指的應該是那個吧？」

「嗯，不過——」

奇諾繼續望著戰車的背影。

她一直望著這台砲管右側有三條紅色直線，左側畫有一隻貘的黑色戰車，直到看不見為止。

發誓不敢再發誓，
能發誓不再發誓。

能發誓不敢再發誓。

—I don't trust me.—

序幕「誓言・b」

—a Kitchen Knife・b—

然後，然後……

糟糕，我已經不曉得該寫什麼好了。

我好像又快哭了。

腦子裡再次浮現出保溫箱的景象，我的視線又開始矇矓了。

怎麼會這麼幸福呢？

我是何等的幸福啊！

我絕對忘不了，絕對忘不了今天這個日子。

要不要寫些其他的事情？

還有什麼事情可寫？

有沒有什麼想先寫下來的事呢？

今天是個非常美好的日子。這句話我已經寫過好幾遍了。我是不是沒有註明這句話不管寫幾次都不會厭倦呢？

美好的東西、美麗的東西、珍貴的寶物、不想失去的東西、豁出性命也要保護到底的東西、希望能永遠在一起的東西——

天哪，我的喜悅至今還源源不絕地湧出。要不是現在已經夜深人靜，否則我真想對著窗外大叫，甚至開始跳起舞來呢！

這份感動，我這輩子都無法忘懷。一輩子都忘不了！

天哪，我是何等的幸福！

今天是個美好的日子。

不，往後也是！永遠永遠都是！

「誓言・b」
—a Kitchen Knife・b—

糟糕，我的腦筋開始混亂，似乎沒辦法再好好寫下去了。

那就寫到這兒，強迫自己停筆吧！

第一話
「她的旅行」
—Chances—

第一話「她的旅行」

—Chances—

蓊鬱的深綠色森林與映照著藍空的清澈湖泊之間，有一個國家。櫛比鱗次的建築物跟大大小小的道路，像蜘蛛網似地分佈在這遼闊的國家裡。這國家的西邊城牆有座城門。城門旁邊被有一間用來辦理出境手續的房間。距離房間不遠處，也就是一個環形廣場的地方，停放著一輛摩托車。那是一輛後輪兩側跟上面都堆滿行李的摩托車。

有個人慢慢走近摩托車。她身穿黑色夾克，腰部以皮帶束緊，右腿懸掛著掌中說服者，她是這輛摩托車的騎士。年約十五、六歲左右。她留著一頭黑色短髮，有一雙大眼睛跟一張炯炯有神的臉。頭上還戴著附有帽沿的帽子，防風眼鏡則掛在帽沿上。

廣場上沒有半個人。只有幾隻蹦蹦跳跳吃著飼料的鳥。懸在東邊城牆上方的太陽把騎士的背曬得軟烘烘的，長長的人影則投射到城門上。

「還沒好嗎，奇諾？」

摩托車問道。

「還沒，從剛剛問完問題後就毫無進展呢，漢密斯。」

名叫奇諾的騎士答道。

此時，一輛清掃車發出轟隆隆的噪音從空蕩蕩的街道駛來。

它嚇走了鳥兒，把廣場旁的寬廣道路弄濕之後隨即離去。

人影稍微變短了。

「還沒好？」

名叫漢密斯的摩托車再次問道。

「還沒。」

奇諾簡短回答。話說完沒多久，城門旁的房間門打開了。

「嗯？結束了嗎？」

奇諾說著，一名男子走了出來。

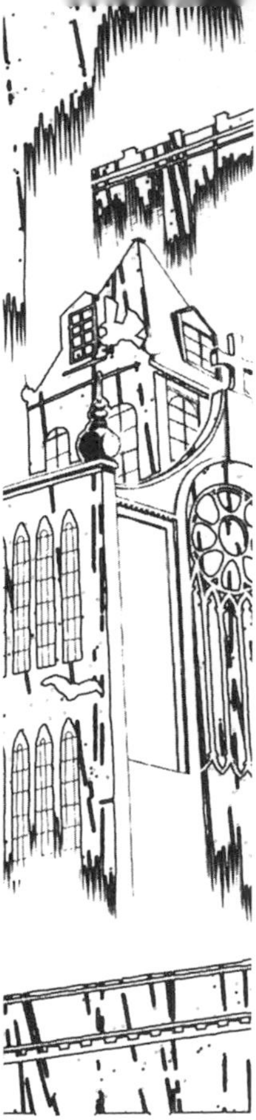

「她的旅行」
—Chances—

那人年約三十幾歲，身穿適於野外活動又耐穿的便服，外面套著一件有許多口袋、好讓他攜帶許多東西的背心，並背著一挺步槍式的說服者。

那是一挺槍身為塑膠製的軍用步槍，並裝置附有夜視裝置及雷射準星的狙擊鏡。

男子看到奇諾她們，便往前走近幾步並道早安。奇諾從漢密斯身上站起來，也回了一聲早安。

「妳在等著出境？不好意思，裡面還有一個人。因為文件審查很繁瑣，妳可能要再等一會兒。」

男子如此說道。漢密斯則問：

「你是這國家的人？是要外出旅行嗎？」

「嗯……沒錯。」

男子面有難色地回答。

漢密斯直接了當地問：

「可是我看都沒有人幫你送行耶，大家怎麼這麼冷漠呢？」

「我都不曉得該怎麼回話呢……」

男子板著臉回答，然後回頭望望剛剛走出來的房間。房門是緊閉著。

「理由好像很複雜？」

奇諾問道，男子點著頭說「沒錯」。

「其實也很難啟齒……不過妳們是外國人，說出來應該沒關係。我也希望好歹有個人能知道這件事。妳也可以當做是聽故事打發時間。妳願意聽嗎？——關於我為什麼要出去旅行。」

男子直盯著奇諾問道。

奇諾略把帽沿拉高並說：

「好啊，請說。」

男子的表情有些凝重，然後又輕輕地笑了一下。他小聲地說「那是因為……」，

「我希望能用自己一輩子的時間來尋求原諒。」

「你說尋求原諒是嗎？」

「這話是什麼意思？」

奇諾跟漢密斯不約而同地問。

男子的嘴角浮現出似笑非笑，又像是痛苦的表情。

「連我自己都覺得這理由很怪……不過這是必要的……至少對我來說是必要的……」

經過幾秒鐘的沉寂，漢密斯問：

「講完了嗎？」

「啊，還沒——。我是在猶豫該從哪裡說起。目前正在接受出境審查且要跟我一起去旅行的，是一個女子。」

「是你的伙伴？」

「應該算是吧……那個人找我當旅伴……她要我跟她一起旅行，在遇到困難的時候要負責保護她。至於理由則是……」

男子以平靜的語調說。

「因為我以前害死她男朋友。」

「…………」「什麼？」

「那是七年前的事，當時我完全不認識她。而我犯了一個過錯……。我開著車，而且是違規酒醉駕車，我的注意力跟辨識能力都降低了……。結果車速太快，導致在路口過彎不及……」

「嗯，然後呢？」

「然後……我就撞上一戶民宅……但事情還不只如此。一個行人剛好在人行道上，被夾在我的車子跟民宅之間……，我就這麼害死一個無辜的人……」

男子抬頭望著耀眼的晨光，輕輕地嘆了口氣。

「後來我被逮捕，接著也被判刑……。當時那男人的女朋友當著我的面破口大罵。她說『你這個兇手！把他還給我！』。這也難怪啦……，畢竟我闖了那麼大的禍……。那是我頭一次見到她的事了……」

漢密斯對著輕輕聳肩的男子說：

「就打發時間來說，這故事未免太沉重了點。」

「……沉重？」

「沒錯。」

漢密斯說完便沉默不語。

奇諾開口問：

「原來如此，後來怎麼了？」

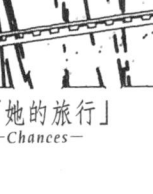

「我被判十年有期徒刑，並送到交通監獄服刑。從此失去我原有的工作跟生活。反正我父母早就去世，家裡只剩我一個，會替我感到悲傷的人也不多啦。」

「這樣時間不對吧？你是逃獄嗎？」

漢密斯開心地說道，男子則笑著搖搖頭說：

「我還沒講完呢。我在監獄真的很後悔自己闖的禍，然後還寫信給她。我在信裡拼命向她道歉，也很誠懇地表明願意用一輩子的時間來補償她。」

「嗯嗯，然後呢？」

「然後她完全沒回我信，不過我每個月必定會寄一封信給她。我希望多多少少能讓她瞭解我的懊悔及希望贖罪的心意。我甚至把在監獄裡賺的一點小錢附在信裡寄給她。」

男子又回頭看。沐浴在耀眼陽光下的房間，門依舊是緊閉著。

「再來是六年後的事。這時候我已經完全習慣監獄裡的生活，幾乎快忘記一般人自由的生活。就在這個時候，她突然來跟我做第一次的會面。我嚇了一跳，真的非常訝異……透過玻璃窗，我看她帶來一堆已經開封的信件……我哭著向她道歉，也很高興她肯看我寄的那些信。但是事情不光是這樣，她要我把頭抬起來，然後提出一個令我意想不到的提議。」

「就是出境旅行是嗎？」

奇諾確認似地說道。

「沒錯——她說想離開這個國家，因為這裡充滿了痛苦的回憶……。她想去其他國家重新開始自己的人生。然後又說她需要我保護她旅途中的安全，要我陪她一起旅行。這國家只要刑期還剩五年以下，如果願意答應永不再入境，就可以出國了。這是過去法律執行放逐處置的時候所出現的漏洞。我當然感到非常訝異，還回問她『妳要我跟妳一起旅行？難道妳不恨我了嗎？』。」

「結果？」「然後呢？」

「她這麼說，『我心中的怨恨是不會消失的，可是你曾經說過要花一輩子的時間補償我。所以……』。」

「你怎麼做？」

「我當然很煩惱，非常非常地煩惱。因為我只要再待四年就可以出獄了。而且要我永遠離開最愛的故鄉出外旅行，這我連想都沒想過。我原本打算死在生我養我的父母最後長眠的這個國家，也準備跟他們葬在同一個墳墓裡。原本打算在出獄後重新努力過我的人生的。可是——」

「可是什麼？」

「我又想花一輩子的時間來贖罪……，那麼做也不失為一個好方法。更重要的是，那還是她選擇的方法。我煩惱了一年左右，最後接受了那個提議。永遠不再踏入這個國家，在她不知何時終止的旅途裡擔任護衛的工作。我在面會的時候告訴她我的決定。當她淡淡地笑著對我說『謝謝』，我的心情……，實在無法用言語形容。」

男子很快地拭拭眼角。說聲「抱歉」之後就轉身背對奇諾。

「這應該是我最後一次在這國家流淚吧。」

男子小聲地說道。

房間的門還是沒開。過了一陣子，男子仰望天空。

隨後又回頭看著奇諾跟漢密斯說：

「應該還沒好吧。」

「我覺得她到現在都沒有原諒我，所以往後我會用一生的時間來補償她。雖然不曉得我們會去什麼樣的地方，但應該會是一趟漫長的旅行。但那並不是我的旅行，而是她的。對我來說，它是一趟人生之旅……。而我即將啟程出發。」

「原來如此，我明白了。」

奇諾對著又快哭出來的男人說道。

「反、反正每個人的人生不盡相同嘛！嗯，真的是蠻有趣的。」

漢密斯說道。

男人淺淺笑了一下，然後對著奇諾說：

「謝謝妳們聽我講這些事。倒是，可以請教旅行經驗老道的妳們一件事嗎？」

「什麼事？」

「旅行的時候最需要注意的是什麼？」

「這很簡單啊，就跟平常在自己國家裡生活的時候需要注意的事一模一樣。」

奇諾很快地回答他。

「什麼？」

「就是不要丟了小命，或者說不要被殺。換句話說，要盡最大的努力保住自己的性命。——進一步解釋的話，就是在自己被殺之前殺死對方。」

「……………。我知道了……」

此時房間的門打開了。

從裡面走出一名跟男子同年，腰際掛著小型掌中說服者，穿著跟男人同樣服裝的女子。男人把奇諾她們介紹給她認識，她開心地微笑著。

當她知道奇諾她們跟他們走同一個方向，便說「如果我們的交通工具是車輛的話，就可以同行了，真是遺憾。」

「不過我有一位非常值得信賴的護衛。」

女子笑容滿面地說道，然後看著臉上略帶憂傷的男子。當她看著那名男子的時候，臉上還是掛著微笑。

「對了奇諾，如果妳們結果審查還追得上我們的話，一起吃個中飯怎麼樣？我打算在湖畔小歇一會兒。」

聽到這個提議的奇諾則毫不考慮地說：

「這主意不錯！」

然後她又說「載運行李的馬正在外面等著呢。」

「那我們出發吧！」

其中一人如此說道，另一個則輕輕點頭示意。

不久兩人便穿過城門離境了。

「我們在中午前追上他們吧！到時還能把能拿的東西盡量拿一拿呢！」

奇諾一面把漢密斯推進城門旁的房間，一面說道。

「奇諾妳真貪心！」

漢密斯說道。

「還好啦……」

奇諾說道。

最後，奇諾跟漢密斯在午前離境。

森林裡有條道路。是一條寬敞的泥土路，很方便車輛在上面輕鬆行駛。

奇諾用相當快的速度騎著漢密斯。

兩旁的樹木不斷飛逝而過，前方美麗的藍色湖水若隱若現。日正當中的太陽從枝葉的縫隙間隱約透出光來。

「前面要轉彎。」

漢密斯說道，奇諾隨即放開了油門。

過了前方不太明顯的彎道之後，道路左側出現了湖畔的沙灘。那裡繫著了兩匹馬，還有兩個人正坐著休息。

奇諾一面打低檔一面趨近他們，並且對背著步槍的男子揮揮手。

奇諾在離他們相當近的地方停下漢密斯，然後立起腳架把他撐起來。她一面走過去一面拿下防風眼鏡，將它掛在脖子上。

「午安，我追上你們囉！」

男子放下手中的杯子站了起來。

「摩托車的速度果然很快，我們剛好在泡茶喝呢。」

奇諾往女子背後走近了兩步。

此時女子拔出腰際的小型掌中說服者，並緩緩地站起來。她兩手握住說服者，瞄準眼前的男子背部。

砰！

然後開槍了。只見空彈殼彈了出來，子彈則射穿男子的肩膀。奇諾則在同時往後跳一步。

「嘎！」

男子發出慘叫，身子並往後仰。

砰！

第二發擊出，射中男子的右腿。

砰！

第三發擊中他左腿。

男子馬上失去平衡，背上的步槍在他倒下時被壓在下方。

小跑步接近他的女子踩住那步槍的槍管。隨即又對男子的右臂及左臂各開一槍。

砰！砰！

她站著不斷對他開槍。

她每開一槍，

「哇！」

男子便反射性地慘叫。

女子拿下男子身上的步槍，並把它撿起來。再擺到自己後方。

男子身上遭到多處槍擊而仰躺著，地面則染滿大量鮮血，他一臉驚慌失措地說：

「啊……，為什麼……？這怎麼回事……？」

他對著站在旁邊低頭看著自己的女子問道。

女子面無表情，只是淡淡地說：

「當然是我開的槍，痛嗎？」

男子微微點著頭。

女子點了一下頭，然後詢問已經退到漢密斯旁邊的奇諾。

「奇諾，妳會為了救他而開槍打我嗎？」

奇諾的手雖然擺在右腰的「卡農」，但是她輕輕地搖頭。

此時女子再次把視線轉到男子那邊。

「為……什麼……？」

男子的臉部充滿了痛苦、恐懼及疑惑，甚至還冒著冷汗。

「為什麼要對你開槍——，是不是？」

男子瞪大眼睛點頭。

「當然是為了要殺你啊！」

「為什……麼？」

「因為我無法原諒你，你殺了我這一生最重要的人，我絕饒不了你！」

「…………」

「不光是如此，你每個月寄來的信，裡面寫了許多謝罪的言詞。『請原諒我，我這輩子都會祈禱他在天之靈過得幸福』等等。但是那些言詞對我來說，不過是你在自說自話而已——不，或許世上真有人能夠釋出大愛原諒你。收到肇事者寫來的信『啊～原來這個人也很痛苦，他跟我一樣都是受

害者。』——或許有人會有這種想法。既然他都這麼自責了，就讓一切煙消雲散吧。只是，我錯了。因為你奪走了他帶給我的痛苦竟然與日俱增。每當我接到你寄來的信，痛苦就越來越膨脹。每次閱讀你寄來的信，就提醒我殺死他的你還活在世上。這讓我覺得好難過，也無法原諒你……因此更堅定我想報仇的決心。」

她接著又對著無法動彈且面無血色的男子說：

「你聽著——」

女子面不改色，也沒有一絲興奮地繼續說：

「就我的想法，你想用『我有在反省』來打動被害人家屬，會不會是你覺得『只要我做些好事，就能夠讓自己獲得救贖』？那只是你想讓自己心裡好過些的自我安慰罷了。況且當我因為絕望而痛苦不已的時候，你在做什麼？你只是安全地待在監獄裡過著規律的生活，還不愁吃不愁穿。而且十年後你又可以重獲自由，過著不需擔心任何事的生活。然後殺了他的你，還能開開心心地挽著戀人漫步在街道上——，你覺得我會允許你那樣嗎？不可能的！」

男子開口說話。

「可、可是……」

砰！

女子擊中男子的耳朵。他的耳垂裂開，開始流出比其他傷口少得多的血。

「你聽我把話說完。──所以我決定要報仇。我要把你引到不受國家法律管轄的國外，親手替他殺了你。於是我開始擬定計劃，為此我做了所有該做的事。為了在你面前佯裝冷靜，我不斷訓練自己壓抑感情，只做出有助於達到自己目的的行動。還練習如何偽裝笑容。──然後還拼命工作籌措旅行資金。甚至買了我非常討厭，還覺得這輩子都不可能碰的說服者。這我是用你寄來的錢買的。我還花時間做能確實奪取目標物性命的射擊練習，還學會射哪個地方最痛呢。怎麼樣？有沒有用？有聽到我在說話嗎？」

女子低頭望著男子的臉。

男子動也不動地仰躺在地上，眼淚從他張開的雙眼往兩側的太陽穴滑下。

「不要……」

他小聲地說道。

「不要……怎麼會這樣……不要……我不想死……我不想死在這裡……不要……我想回國……我

不想死……」

「當時他一定也這麼想！」

女子說道。接著女子拉上掌中說服者的保險，把它收進槍袋裡。然後回頭把男子的步槍撿起來。熟練地拉開保險，站在躺成大字型的男子腳下。

她把步槍舉到腰際，打開瞄準鏡旁的雷射開關，此時男子的下巴出現紅色的光點。

「……請、請饒了我……」

男子動著慘白的嘴唇喃喃說道。

女子露出滿意的表情，並且點了好幾次頭。然後露出淡淡的笑容說：

「嗯，我真的想原諒你。一直很想原諒你。你不也寫了『要花一輩子的時間補償』？所以我就在這裡結束你這輩子——這樣不是更快？」

女子開了槍。

在她開槍的時候，身子隨後座力往後彈。接著她抵住那股力量，繼續開槍。

蓊鬱的深綠色森林與映照著藍空的清澈湖泊之間，站著兩個人。

湖畔繫著兩匹馬，還停著一輛摩托車，——並仰躺著一名沒有頭的人。

女子慢慢蹲下來，把彈匣已經空了的步槍放在地面。

她露出跟現在的天空一樣燦爛的表情，看起來非常幸福。

「啊……」

女子對男子說：

「我終於能夠原諒你了。你仔細聽好，我原諒你了。那不是你一直希望的嗎？不是你衷心希望的事嗎？今天我就讓你實現願望。我原諒你囉，我原諒你。你仔細聽清楚了，——我，原諒你了！」

湖畔有一處新土堆，上面插著一挺步槍當做墓碑。

女子雙手在臉前握拳，然後跪在土堆前祈禱。

她起身後，回頭詢問站在後方的人。

「奇諾，其實妳可以對我開槍的，為什麼沒那麼做？」

「因為我並不是神，如此而已。」

「沒錯沒錯，奇諾就是奇諾。」

漢密斯說道。

「是嗎？——謝謝妳幫我挖墳墓。」

「不客氣。」

女子走近男子那匹馬具全被卸下的馬兒，輕聲對牠說：

「你儘管到你想去的地方吧。看是要在森林裡自由生活，或是回城門為哪個人效勞都沒關係。」

隨後便輕拍了牠一下。受驚的馬兒往前走了幾步，又回頭望了一下之後，就消失在森林裡。

「接下來妳有什麼打算？」

奇諾詢問女子。

「我的旅行已經結束了，所以我打算回國守著死去的戀人的回憶終老一生。」

「是嗎？那妳路上小心。」

「謝謝。對了，很抱歉不能跟妳一起吃午餐。」

「沒關係啦！」

女子把無法埋葬的東西跟自己的行李綑在一塊，然後綁在自己的馬匹上。輕鬆地跨上了馬。

「再見。」

她笑咪咪地揮手道別。

不久她騎的馬便消失在蜿蜒的林蔭大道的另一頭。

「呼……」

奇諾嘆了口氣。

「想不到真的如妳所說的，不禁讓我心有戚戚焉呢。」

漢密斯開心地說道。

「是啊……好了，來拿能拿的東西吧！」

「奇諾妳還真貪心呢！」

漢密斯說道。

「還好啦……」

奇諾說道。

「她的旅行」
—Chances—

摩托車離去的湖畔，有一處新土堆。

那上面還插著一挺步槍當做墓碑。

那是一挺槍身為塑膠製的軍用步槍，上面沒有狙擊鏡。

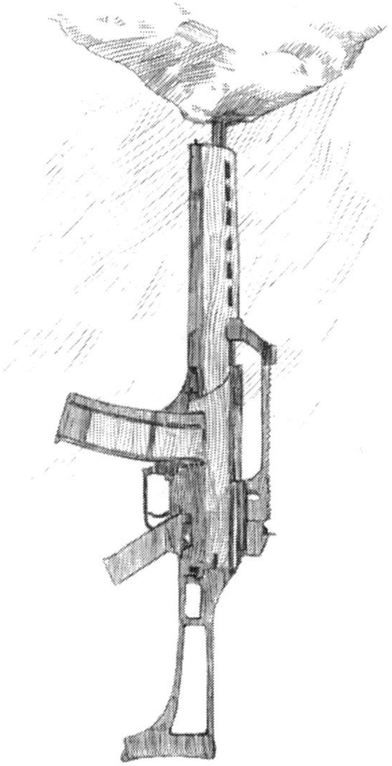

第二話
「她的旅行」
—Love and Bullets—

第二話「她的旅行」
—Love and Bullets—

像高樓大廈般的岩石，矗立在沙地上。

好幾百個絲毫不受風雨侵蝕的岩柱矗立在平坦的大地，形成一個不可思議的空間。

乾涸的砂地只冒出寥寥幾根小草。乾熱的風偶爾穿過岩柱間吹來。空中看不到一絲雲。

這時候有三個人坐在一支岩柱短短的陰影裡。

其中有個身穿白襯衫跟黑色背心的年輕人。右腿懸掛著說服者的槍袋。後面停了一輛腳架撐著的摩托車。

另外兩人身穿薄布料的衣服，是一對年約二十五歲以上的男女。女的臉型瘦長，還把長髮梳成馬尾。相反的，那男的反倒是體格健壯，像是有鍛鍊過。這兩人的後面停著兩匹載有行李的馬。

「請問妳所謂很重要的話是什麼呢？」

年輕人問道。

「這個嘛，我希望奇諾妳以後別再使用暴力。因此我想要說服妳。」

女子說道。名叫奇諾的人露出略為訝異的表情。

女子正經八百地凝視奇諾。

「我覺得人與人之間不需要用暴力，只要用溫柔跟發自內心的愛就能避開爭端。那才是絕對唯一的正義。我希望奇諾妳能明白這點，並在接下來的旅途中實踐它。那一點也不困難，愛是能夠解決所有問題的。」

男子默默地坐在開口說話的女子後方。他一句話也不說，只是坐在那兒靜靜微笑地看著她。

「雖然我硬要妳接受我的想法，不過全世界的人擁有共同的想法並非不可能。譬如說水。任何人一旦口渴了就想找水喝不是嗎？這就是大家共同的想法不是嗎？一樣的道理，人們應該都有『人與人之間不要爭鬥，要用愛來解決事情』的共同想法。然後——」

女子繼續語氣激昂地說：

「——因此最後大家追求的是愛。要有一顆對他人慈悲為懷的心，最需要的就是愛。這是人人具備，也最美好的事物。只要每個人都用自己的愛來消除鬥爭，那我們的生活就——」

她甚至連額頭冒出的汗都不擦，繼續說下去。

「——如此一來，妳就能瞭解人類為什麼非持有武器不可吧？只要明白沒必要戰鬥這點，根本就不需要什麼武器。我們要讓這個世界提升到更高的層次，所以要靠共同的思想及理念的愛來維持。只要大家能朝同一個方向前進，那麼拋棄不必要的東西而變得一身輕的身體，就無法捨棄只要擁有愛的這種可能性！但是最重要的就是要不斷去接觸這一類的人！這就是——」

奇諾靜靜地聽著女子有時意義不通的熱烈演說。她一面看著女子的眼睛，一面輕輕點頭回應。

「——也就是說，人類沒有紛爭也是能活下去的。要實現這個理想，就得靠我了！像我就沒有攜帶任何武器。我在旅途中遇見許多人，但是從來沒遇到過任何危險。坐在後面的他雖然有攜帶武器，但只是用來打獵而已。妳不覺得這樣很了不起嗎？那就是因為我用愛來對待別人，所以他們就不想對我施以暴力！妳不覺得那樣很棒嗎？可見大家都能瞭解我的想法，人類是可以互相瞭解的！所以呢——」

女子拼命地闡述她的想法。滔滔不絕地說。

過了好一陣子之後，

「——沒錯！我想跟妳說的就是這些！」

香汗淋漓的女子終於結束她這場盛大的演講。她使勁吐了口氣，然後喝下後方的男子遞給她的冰茶。

「如果可以的話，我想知道妳現在的想法——請告訴我好嗎？」

奇諾看著如此詢問她的女子，語氣平緩地說：

「妳的想法很棒。妳這番話深深的打動了我。過去我曾為了保命而毫不留情地對他人開槍，現在想想，或許真的沒必要那麼做。」

「對！妳說的沒錯！」

女子雀躍無比地說。

「以後我將用妳說的『愛』，在不傷害任何人的情況下活下去。我還打算造訪下一個國家的時候，順便把手上的說服者給賣了。」

「很好，可見妳都明白了。我好開心哦！」

女子笑咪咪地走到奇諾面前，緊緊握住她的雙手。

「我好開心！真高興能遇見妳！奇諾，要是以後妳遇到和往日的妳一樣只相信暴力的人、及內心

的愛與真理尚未覺醒的人，記得把這個想法告訴他們！只要大家能互相把這種想法傳遞下去，這樣一傳十，十傳百，真的很快就能讓所有人用愛來解決紛爭了！對吧？啊啊……謝謝妳願意聽我說這些話！」

「那麼我們就此告辭了，一路上小心哦！」

奇諾說完便站了起來，然後踢起摩托車的腳架。

「謝謝，相信妳一定會很順利的。我們後會有期囉！」

女子開心地揮手道別。奇諾對兩人輕輕點頭示意後，便推著摩托車從岩山下方走出砂地。

「準備要走了哦，漢密斯。剛剛花掉了不少時間呢。」

奇諾悄聲對摩托車說道。

「ＯＫ！」

叫做漢密斯的摩托車小聲地答道。

男子突然想到什麼似的站了起來，

「我去向奇諾她們問路。」

他對女子如此說完，就隨後去追奇諾。

男子左右腰際的槍套裡各裝著一挺掌中說服者，方便他可以兩手開槍。說服者是四五口徑的自動式，配有加長型的彈匣。槍管前端有裝置消音器的螺絲。

在離女子有段距離之處，男子走近準備發動漢密斯引擎的奇諾身邊。

他對她說：

「奇諾、漢密斯，謝謝妳們肯耐心聽她說那些無聊的話，而且還讓她那麼開心，真的很感謝妳們。」

男子笑容滿面地說道。奇諾則苦笑著說：

「要不是你坐在後面，或許我聽到一半就要走人了呢。」

「哈哈哈，我想也是。」

男子笑得非常開心。

奇諾稍微瞇著眼睛小聲說：

「一個星期前我看到岩石區死了十三個男人，全都是一槍斃命，頭蓋骨都有四五口徑的彈痕。─

——是你幹的對吧？」

男子點頭承認。

「他們聽過她說的話，但後來卻一直尾隨在我們後面，想找機會殺了我並襲擊她。逼不得已，我只好讓他們全乖乖躺下。」

男子面不改色地說道。

「很冒昧請問一下……像你槍法這麼好的人，為什麼甘願當她的保鏢呢？」

「沒錯沒錯，真的叫人想不透耶。你們的想法根本就截然不同嘛！」

奇諾跟漢密斯紛紛問道。

「因為我喜歡她。」

男子正經八百且毫不猶豫地回答。

「什麼？」「咦？」

「我從很久以前就喜歡她。——我跟她出生在同一個國家，從小感情就很好。她從以前就把反對暴力當成金科玉律。認為不管什麼狀況都不能使用暴力，只要有愛，就會有皆大歡喜的圓滿結局。而我則跟她完全相反，我覺得沒有力量的話，什麼事都辦不到。而且深信沒有力量就無法保護弱小。因此我學會武術、使用說服者等戰鬥所需的一切技能。畢業之後我就從軍，而且一直覺得她是個想法莫名其妙的怪人。可是不曉得從什麼時候開始，我漸漸從心底開始喜歡她。這沒什麼理由，反正我就是喜歡她。一有休假就會回老家找她見面。雖然她一直闡述暴力有多愚蠢，但是對於當時的我來說，那段日子真的很開心。」

男子突然回頭，看著坐在岩柱旁邊非常滿足地望著天空的女子。

「長大成人之後，有天她突然說出『我想離開這個國家，四處旅行宣導愛與非暴力。那是我的使命』。縱使周遭的人拼命勸阻，她也聽不進去，還逕自準備啟程出發。於是我便申請退伍，請求她讓我隨行。」

「想不到她還答應了！」

奇諾說道。

「很簡單啊，我就說『我被妳這個偉大的想法所感動，因此退出軍旅生涯。讓我跟妳一起宣導愛與非暴力吧！就算要我幫妳提行李或什麼的我都願意做，請帶我一起去吧！』。結果她很快就答應了。」

「喔……」「原來如此。」

「即使她的想法與理想絕不可能實現，但我就是喜歡她積極樂觀的個性。我喜歡看她為了夢想，不顧一切地往前衝的模樣。我希望保護那樣的她。——因此我撇開主義、思想，就這樣陪在她身邊，盡全力支持她。不管多骯髒的事我都願意幹，甚至是殺人。就算要我跟全世界為敵都無所謂！」

男子淡淡地說道。

「我看全世界會因此毀滅呢。」

漢密斯諷刺地說道。

奇諾喃喃地說了一句「原來如此」，然後又說：

「跟她講的話比起來，你的反而比較有趣呢。」

「謝謝。路上小心，也希望有緣能再見面。」

男人伸出了右手。然後，

「在那之前，碰到任何想取妳性命的傢伙，可千萬不要手下留情喲！」

「謝謝你的忠告，我會那麼做的。」

奇諾握著他的右手回答。

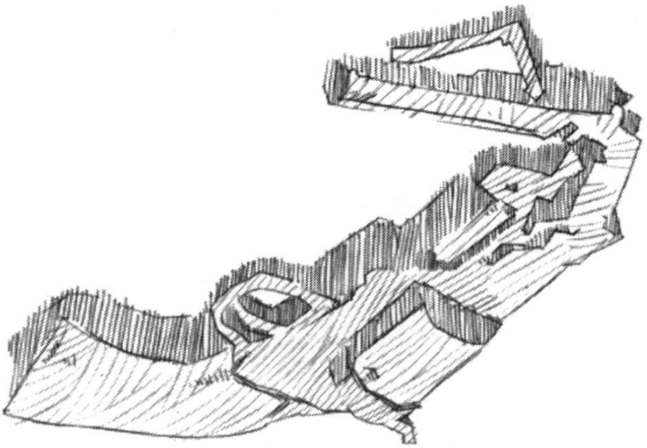

第三話「煙火之國」

—Fire at Will!—

第三話「煙火之國」

—Fire at Will!—

「好熱哦，奇諾。」

摩托車說道。

那是一輛後輪兩側掛著箱子，上面擺了大包包、睡袋及燃料罐，用腳架立著的摩托車。

「好熱！」

名叫奇諾的摩托車騎士簡短地說道。留著一頭黑色短髮、有著一雙大眼睛的她，是個年輕人。

她身穿白色襯衫，外搭黑色夾克，前面是敞開的。腰際以皮帶束緊，右腿懸掛著掌中說服者。

她們目前位於數座低矮山丘環抱的森林密佈之處。摩托車正停放在林間僅有的一條路上。那是一條放眼望去只見左右被樹木環繞的紅土路。而奇諾就坐在路旁大樹的陰影下。

整座森林充斥著悶熱的空氣，高溫與溼氣直教人窒息。只有最高的樹木頂端才擁有被風吹拂的特權，還看似輕鬆地隨風搖擺。千百隻的蟬忽遠忽近地在森林各處高聲鳴叫著。

奇諾拿起手上的水壺喝了口水。

「這水好溫哦！」

「我想也是。」

只是坐著啥也沒做的奇諾，臉頰不斷地流汗。她抬頭仰望道路的上空，連一絲雲朵都沒有，只有強烈耀眼的夏日陽光。低頭則看到道路出現強光與黑影造成的反差。還有螞蟻在上面走著。

「希望下一個國家會有空調裝置……至少這三天，或睡覺的時候能有空調。」

奇諾喃喃說道。

「如果那國家不但沒空調，連電風扇、蓮蓬頭都沒有的話，那怎麼辦？」

「我想都不願意想。」

奇諾說完後就站了起來。她拍拍屁股，把水壺放進箱子裡，然後戴上剛剛還拿來搧風的帽子。

「走吧漢密斯，應該馬上就到了。」

名叫漢密斯的摩托車則短短地回答「瞭解」。

奇諾跨上漢密斯並發動引擎。引擎聲轟轟響起的同時，一旁樹上的蟬兒也不甘示弱地發出嗚

叫。

悶熱的森林剎時變得好熱鬧。

「終於到了！」

行駛在森林道路上的奇諾突然緊急剎車，然後如此說道。道路一側是毫無樹林的險降坡，因此視野豁然大開。

從那裡看過去是起伏不平的一片綠色大地，更遠處可以看到一道銀色城牆。城牆沿著山坡的稜線之勢高高低低地延伸。

「或許能游泳呢！」

漢密斯說道。城牆的左側與南側隱約可見不是天空的藍色物體。

道路繼續延伸，然後降到谷底。最後到城牆才整個打住。

「這城牆好高哦。」

漢密斯說道。奇諾把漢密斯停下來，然後把頭仰得高高的，端詳著這道城牆。

森林裡的城牆彷彿從谷底拔地而起，高聳得將山谷圍得像座水壩。甚至還高過兩旁的高山，跟山上的城牆平行般地聳立。而奇諾她們就被籠罩在城牆的陰影裡。

霧銀色的城牆表面非常光滑，四處都有貼了同樣材質的板子的痕跡。漢密斯覺得很不可思議。

「是石頭嗎？不像是金屬耶！」

「看起來好硬哦。」

道路的前方緊閉著一道同樣材質的門。幸虧有鑲邊，才辨識得出那是一道門。附近沒有任何人，也沒有衛兵室。

在吵雜的蟬聲中，奇諾跨下漢密斯，走進城門。然後，

「在普通人高度的地方，有個像按鈕的東西。」

「可能要人家按下它吧。」

於是奇諾按了下去。

叮噹——

有氣無力的電子鈴聲響起。

當奇諾摘下帽子擦拭額頭上的汗珠時，從城牆傳來一個聲音。

『哪位？啊，旅行者是嗎？我馬上開門，請進吧。』

接著城門緩緩而靜靜地往上拉開。

「沒有審查？太粗心了吧？」

漢密斯說道，奇諾也不可思議地盯著這副光景。

「…………」

不久門打開了之後，她們才明白是怎麼回事。

原來門後不遠處還有一道城牆。

於是她們同樣穿過第二道城牆，

「…………」

又出現第三道城牆。而且要等到身後的城門關閉，前方的才會打開。

由於陽光照不進兩道城牆之間，使得光線很陰暗。加上空氣不流通，更顯得悶熱。奇諾抬頭仰望，倒還依稀看得見天空。

而左右依稀可見的山區，樹木都被砍光了。只剩下雜草的山坡高處，堆放了許多正方形的巨大箱型物體。

「原來如此，如有什麼萬一的話，只要引爆它就能堵住城門跟通道了。」

漢密斯說道。

當她們穿過第三道城牆，前方又有第四道。而且還有一間小到幾乎看不見的建築物。

在建築物前等候已久的入境審查官，帶著奇諾穿過城門進入屋內。

「…………」

在進去的那一剎那，看到奇諾在室內靜靜地吐了一口大氣的審查官問：

「啊，太涼了嗎？」

經過不是很嚴厲的審查之後，奇諾跟漢密斯獲准入境。

當全國獲知半年多來終於有旅行者造訪，便很盛重地歡迎奇諾她們。

「對了，奇諾妳們是來看煙火大會的吧？」

其中一名中年女性審查官問道。

奇諾搖頭否認，審查官們有些訝異。

「那妳們真是走運，明天晚上在南方沙灘將舉辦一年一度的納涼煙火大會。請妳們務必到場欣賞，煙火非常美麗哦。」

女性審查官說道。

穿過城牆之後，眼前再度出現森林谷底的道路。這次是有經過完整的舖設的馬路，路面寬敞，還裝了路燈。

奇諾打開審查官給的地圖。

國內幾乎都是山地，往南側走是港灣。城牆呈弧形圍繞著這個國家，看起來很像視力檢查表上開口向下的標誌。

海岸的中央部分是長弓形的沙灘，一條大馬路從中央往北延伸，只有那裡的土地是平坦的。住宅區聚集在馬路左右，馬路北邊的盡頭是背山而建、看似政府機關的建築物及建築工地。

「我們目前在這裡。」

奇諾指著位於地圖最東邊的城門。距離國家中央還有一段距離。

奇諾她們往西走。繼續走在沿著山區、一路都是彎道的道路。寬廣的柏油路旁還設有護欄。

「跑起來好輕鬆哦！」

漢密斯說道。

奇諾她們在烈日與柏油路的反光中行進。不一會兒，右手邊出現一片依山坡建造的墓園。每座墳墓有如一層層的梯田，墓碑也排得井然有序。

再往前進，谷底變得越來越寬。四處的房舍跟往來的車輛也越來越多。不過那些車輛除了顏色不同以外，全都是造型粗獷的四輪驅動車。

「嗯？奇諾，這國家只有那個嗎？」

「不曉得，可能是流行吧？」

穿過谷底之後，終於來到國家中央的平坦土地。建築物與人群驟然增加，幾乎快把兩側蓋住。

接著她們來到了國家中央的大馬路。這是一條有好幾個車道的大型單行道，筆直地往南延伸到

海邊。接近傍晚的時候，車潮變多了。道路中央有一段較高的道路，上面種了路樹。是用來當人行道及休憩場所的。不少人撐著陽傘在上面走著。

就在她們右轉等紅燈的時候，一輛大型裝甲車從岔道駛出，在奇諾與漢密斯的眼前轉了個彎。有稜有角的車身裝著八個約一名孩童高的輪胎，這是一輛大型裝甲車。可是上面並沒有配備武裝，甚至顏色還是誇張的橘紅色。

裝甲車轉彎之後就立刻停靠在人行道旁，後方鋼鐵製的門打開，幾個普通裝扮的人下了車。沒多久又有擦著汗的人上車。等大家都坐穩了以後便關上門，然後打著方向燈再次出發。

「奇諾，那是公車嗎？」

「搞不好，可能是流行吧？」

在國家中央大道的後方，一家審查官介紹的三層樓旅館就位於那裡。

奇諾她們穿過了玄關。空調還相當不錯，隔著兩道門的屋外跟旅館裡彷彿是另一個世界。

受到旅館老闆的歡迎後，奇諾跟漢密斯被帶到她們要住的房間。空間雖不大，但也不算狹窄。

「好涼爽呀！」

躺在床上的奇諾，望著天花板說道。

「是是是，妳可別睡著了。先把行李卸下來吧，該做的事總要先做完吧？」

漢密斯發起牢騷。

「我知道……」

奇諾繃著臉爬了起來，把行李從漢密斯身上卸下來。

她從包包裡拿出一只袋子。裡面放了骯髒襯衫及其他衣物。

「清潔第一，難不成妳想穿著充滿汗臭味的襯衫在人群裡晃嗎？」

「唉……」

接著奇諾詢問旅館是否能借她洗衣機。她婉拒旅館推薦的付費式洗衣服務，最後讓她借到了洗衣機。

當她在房裡拉起繩子，把襯衫及其他衣物都晾好的時候，已經是傍晚了。

「辛苦囉。」

「累死我了。」

然後奇諾用過晚餐，好好沖了個澡之後，就上床睡覺了。

隔天。

奇諾隨著黎明同時起床。

她把手上的說服者全保養一遍，再不厭其煩地做點運動和拔槍練習，然後沖了個澡，把身上的汗洗乾淨。

奇諾把晾乾的襯衫跟其他物品摺疊好，放回大包包裡。

吃早餐的時候，外面砰砰地響起輕微的爆裂聲。這是在通知大家天氣如果沒有變化，煙火大會將如期舉行。

奇諾敲醒漢密斯之後就出門觀光。

今天天氣晴朗。天空只飄著幾朵棉花糖般的白雲，陽光從一大早就非常耀眼。氣溫也很高，或許還有持續升高的可能。

在別人的推薦下，奇諾跟漢密斯造訪了位於大馬路盡頭的政府機關。可能是假日的關係，只有稀稀落落幾個人而已。這裡過去屬宗教性質的建築物，用木材建造是其主要特徵。背對北邊濃密森林的地方則蔓延著一片公園跟水池。裡面還有一處加蓋屋頂的舞台，還附加說明那裡是「歷史性的舞廳」。

山坡有一條長長的階梯，奇諾把漢密斯停在下面走了上去。回頭眺望，可見筆直的中央大道，盡頭則是沙灘與海洋的景緻。海洋映著天空的藍，到了海面上這片藍突然變得更濃郁，形成雙色海水的奇景。水平線夾在左右兩側的綠色山嶺之間。山嶺上是沿著稜線延伸的城牆前端，上頭設有高聳的燈塔。

奇諾走下階梯時，看到漢密斯已經成了公園裡大群鴿子的棲木。

「啊——奇諾？妳大可把牠們射下來當食物喲！」

只聽到這個白色團塊說道。

「還是好熱哦！」

「要不要去游泳？」

於是奇諾跟漢密斯從中央大道南下，來到了海岸。

道路沿著一片弓型的美麗沙灘延伸，沙灘上建了幾間簡單的房屋，那些房屋就是餐廳跟休息室。

沙灘上聚集了前來做海水浴的人們。奇諾跟漢密斯則是停在路旁眺望那副景色。

「…………」

「這不是正合妳意嗎？反正妳也沒有帶泳衣不是嗎？」

漢密斯說道。

只見全裸的泳客們正開心地游著泳。

回到旅館用完午餐之後，

「得為今晚熬夜做點準備。」

奇諾把冷氣開到最強，而且還拿了好幾條毛毯跟被褥，鑽進了被窩裡。

「妳好奢侈哦……」

「是你太小氣。」

「覺得時間差不多時再叫醒我吧。」

「好好好。」

下午過了一大半時。

睡到自然醒的奇諾決定跟漢密斯去海邊。她們經由中央大道來到了沙灘。

人潮開始慢慢聚集。路邊有許多攤位，沙灘上鋪著許多色彩繽紛的防水布。

奇諾打消了到沙灘的念頭，用腳架把漢密斯立在人行道上。自己則坐在它旁邊的擋輪石上。

奇諾坐在那兒，一面看著越來越多的人群一面等待。

太陽慢慢接近山頭，西方的天空閃耀著橘紅色的夕陽餘暉。在巨大的火球終於下沉到城牆後時，攤位的照明紛紛打開。

峽灣的海面上有好幾艘船隻。銀色船身的中型船一一排列，甲板上置放著用大型防水布蓋住的突起物。而峽灣左右的山腰也停放了許多車輛，上面也是置放著用防水布蓋住的突起物。

「聽說會從船舶上跟那裡施放煙火呢。」

「原來如此。奇諾，妳看過煙火嗎？」

「這麼大規模的還是頭一次看到。」

可能是人潮越來越擁擠的關係，道路全部都癱瘓了。奇諾讓漢密斯在原地等著，不一會兒就拿著一只像盆栽那麼大的紙桶回來。

「那是什麼？」

「前面的攤位賣的，把冰削得細細薄薄、再淋上用砂糖熬煮過的紅豆跟糖漿的甜點。我買來吃吃看，結果還真的是又冰又好吃呢！」

說著，奇諾就拿起大湯匙把冰往嘴裡送。

「冰？可不要吃壞肚子。」

漢密斯說道。

太陽下山了。落日餘暉像被西方的天空吸走似地慢慢變暗。天色開始轉為深藍時，微風開始從右邊的沙灘吹過。殘留在道路的熱度則從下方紛紛散去。

此時吃得正開心的奇諾突然皺起了眉頭。

「唔！」

「怎麼了？」

「我從這種冰得到一個新發現。」

「什麼發現?」

「一次吃太多的話會頭痛……」

「喔，是嗎。」

昏暗的峽灣空中先是傳出「砰砰砰」的輕微爆裂聲，接著就飄起三道白煙。

『呃——大家晚安。今天天氣非常好，原本擔心的午後陣雨也沒有下——』

司儀開始慢慢報告。

『——呃~那麼，煙火大會開始!』

剎時場內掌聲雷動。在船上跟左右的煙火施放區，身穿工作服的人們熟練地撕下防雨貼紙。

突然間，船噴出了火花。

一顆鮮紅色的光點從排行一列的船上衝向空中。接著好幾百好幾千顆的粒子在黑暗的天空化成紅色的噴泉。過沒多久，沙灘又斷斷續續響起布被撕裂般的爆裂聲。

在觀眾的掌聲中，火點不間斷地飛向天空，一面畫出高角度的拋物線，一面朝海洋後方掉落。

不久從船舶冒出的紅色噴泉開始搖擺。筆直延伸的光點行列左右搖擺，看起來宛如隨風飄搖的窗簾。

剎那間，光點突然停住。當最後的光點往上飛之後，才再度湧出鮮艷的色彩。只見光線帶著節奏在深紫色的天空流竄。而施放煙火的船隻剪影，也被模糊的鮮黃色光芒團團包圍，在海面上被映照了良久。

在從下方射出的光消失的同時，又有紅色光線從左右施放煙火的平台冒出。光點以猛烈的速度流竄，在空中交錯之後便往山頭飛去。

「規模龐大果然有差呢。」

奇諾說道。

「不，我覺得這跟一般的煙火有所不同。」

漢密斯語帶保留地說。

「是嗎？」

奇諾看著線條流竄的天空說道。

「一般是不會用那種東西施放煙火的。」

漢密斯一面看著船上那些東西——六挺砲台一起回轉，一秒內發射出上百發砲彈的二十釐米口徑的機關砲——一面說道。

「不過真的好美哦。」

奇諾如此說道，雙眼映出耀眼的光芒。再次從下方施放的光點與左右的光點從三個方向交錯，形成一個巨大的三角形。

消耗了好幾萬發砲彈之後，煙火便突然結束。

天空到處都是煙，

『現在正在準備下一波的煙火，請各位耐心等待。』

海岸響起這樣的廣播。

奇諾再把冰送進嘴裡。

原本不斷施放煙火的船隊開始移動，不久峽灣就淨空了。

『呃——抱歉讓各位久等了。接下來請欣賞每年都施放的水上煙火。』

只見一艘船開始以高速從左到右地橫越峽灣，一些圓形塊狀物紛紛從它的船尾掉落水面。

砰！砰！砰！砰！砰！

水中發生了大爆炸。不僅升起了海水的水柱，水柱中央還冒出深橘色的火柱，宛如一個只在海面上曇花一現的建築物。在一個水柱快散落的同時，旁邊又會像是傳播似地冒出另一個水柱。等間隔的爆炸震動力，越過沙灘傳到馬路去。

越過峽灣的水柱彷彿在追著往返的船隻跑，從右到左地在峽灣來回奔走。

「那是裝滿燃料的爆雷，真浪費。」

漢密斯的碎碎唸被觀眾的鼓掌及喝采聲蓋住。

等現場的煙全散去之後，

『呃——接下來是今年的創作煙火，請大家往左邊看。』

毫無緊張感的廣播再次響起。

剎那間，暗到幾乎看不見的左側煙火施放台冒出細長的火焰。巨大的圓筒尾端噴著無煙的火焰往空中飛去。同時從它旁邊也開始噴出淡淡的煙，圓筒開始迴轉。圓筒筒身上緊緊綁著一個正方形的盒子，感覺好像鱗片。

就在它飛過觀眾眼前的那一瞬間。

耀眼的小火球從正方形的盒子不斷冒出，並隨著圓筒的迴轉散佈在空中。隨後著速度的增加，火球在最佳時機從圓筒的前端彈落到後方。

剎那間，高空描繪出螺旋狀的圖案。

那是視野廣闊，又大又長的光線螺旋。彷彿一道往天空延伸的圓形迴廊。觀眾原本瞪大的瞳孔突然一下子收縮，背景的天空看來比原來還要黑。期待許久的觀眾也突然一陣歡聲雷動。

此時螺絲圖案崩塌，不過它依舊閃亮的光芒，卻像雪花般散落在盛夏的夜空，映照在風平浪靜如黑色鏡面的海上，數目彷彿在一瞬間增加了好幾倍。

散落在空中與海面的雪花一碰到水面，剎時這兩樣物體便永遠消失。當最後一片雪花消失，沙灘又恢復了原本的寂靜。

而搭載了燒夷彈的地對地飛彈，則飛向遙遠的彼方，永遠不再復返。

煙火大會持續進行。空中一下閃耀著強烈的光芒，一下又緩緩落下。而數百次的白色閃光則變成背景配合這場煙火表演。紅色光線四處流竄，閃爍不定地劃過天空。只見有從左到右發射且附有降落傘的照明彈、配合時間在空中引爆的大砲砲彈，以及機關槍的連續射擊。

空中閃爍著耀眼的光芒，把沙灘照耀得宛如白晝。奇諾突然開始左右顧盼。

她發現在馬路上欣賞煙火的有帶著小孩的家庭、情侶、朋友們。光芒照著他們極欲永遠記得這天的開心側臉。

「…………」

奇諾從擋輪石起身，花了三步走到漢密斯前面，然後「咚」地坐在載貨架上。

「幹嘛？」

油箱閃著光芒的漢密斯問道。

「要吃冰嗎？」

奇諾向下把紙桶往前遞。

「我心領了，謝謝妳的好意。」

「不客氣。」

看著四射飛舞的光點，奇諾坐在漢密斯上，讓幾乎融化的冰滑過喉嚨。

正當從海面吹來的風越來越強勁，讓人覺得有些冷的時候。

閃爍不停的天空突然沉寂下來。在幾發信號槍響起之後，煙火大會宣告結束。

人們開始搭乘裝甲車巴士或徒步踏上歸途。

奇諾跟漢密斯看著從沙灘走上來、笑臉盈盈聊著天的人們從面前走過，一面聽著被海風吹起的浪聲，她們繼續留在原地等道路淨空。

回到旅館之後，奇諾坐在大廳喝茶。旅館老闆過來詢問她對煙火大會的感想，奇諾回答說「非常美麗」。

「美是美，但是花了那麼多武器彈藥不會很浪費嗎？」

漢密斯問道。髮線略高的中年旅館老闆語帶驚訝地說：

「咦?妳們不知道理由嗎?」

「是的。」「完全沒聽說。」

「是嗎，那我來解釋好了。那些都是『禮物』。」

旅館老闆坐向奇諾面前說道。

「那些東西並不是我國製造的。妳們應該有看到船吧?那種無人駕駛的船，每個月都會載著貨櫃來到我國的沙灘，裡面裝滿了各式各樣的軍事武器呢。」

「還真的是禮物呢，可是?」「那些船是從哪裡來的?」

「我們完全不曉得是誰，為什麼要送那些東西過來。好像一百多年前，當這個國家的規模還很小的時候，就突然送來了。而且也都沒有人過來領取，因此我們就當成是天上掉下來的禮物，欣然地接收下來。」

「原來如此，那些四輪驅動車跟裝甲車也是囉?」

「沒錯。多虧這樣，讓我們在行動上方便多了，也拓展了國家的規模。至於船則是利用它來捕魚，簡直是如獲至寶呢。然後我們把貨櫃拆開，拿來當做建築物或城牆的建材。但是卻出現了一個問題。」

「什麼問題?」

「東西過剩了。送來的量實在太多了。車輛太容易得到手固然很好，卻也因為這樣，大家都希望擁有車子，結果導致馬路大塞車。連城牆都不知不覺變成了四層。眼看再這樣增加下去也不行，我們就把礙事的貨櫃直接丟在城牆中間的山上。」

「咦？原來那不是防禦用的陷阱啊？」

漢密斯訝異地問，旅館老闆搖搖頭說：

「不是，才沒那個必要。過去我國從沒被攻打過，況且這個國家附近連個國家都沒有，因此根本就沒有軍隊。」

「所以武器也是多餘的。」

奇諾說道。

「沒錯。什麼飛彈、機關槍、炸彈等等，真是多到讓我們不知所措。有一陣子曾原封不動地丟棄在國境外的山區，但卻發生因為落雷而引起大爆炸，造成了不小的騷動呢。逼不得已，只好往海裡射擊，把它們消耗掉，但這次卻因為噪音而收到一大堆抗議。」

「所以才舉辦煙火大會啊?」

漢密斯說道。

「沒錯，我們把想法做個改變。一年一度大肆消耗彈藥，再把人群聚集在一塊兒欣賞，一石二鳥地解決這個問題。這不僅成為我國具代表性的祭典，大家都非常引頸期盼，而且每年的變化越來越多呢。從現在開始，大家都在期待明年的到來呢。」

隔天早上，也就是奇諾入境後的第三天早晨。

奇諾從西城門出境，又再次走在森林的道路上。

離開那國家沒多久，在兩旁夾著綠意，彷彿要衝上晴空的陡坡途中，

「啊，有人喲!」

漢密斯說道。於是奇諾放鬆了油門。

那裡是山頂，左右的視野被樹木擋住。那兒有一群綠色的人。

他們是四名身穿綠色迷彩裝、戴著綠色帽子、臉跟手都塗滿綠色顏料的男子，正在把東西搬到停放在森林道路旁的小型四輪驅動車上。

「嗨，妳好。」

看到奇諾她們而嚇一跳的其中一人說道。

奇諾也向他問好，然後關掉漢密斯的引擎並走了下來。

「妳是旅行者嗎？妳去過那個國家了吧？」

其中一名男子說道。他們停下手邊的工作，然後坐在置於陰影下的行李箱上。

「這麼說，妳也看過昨晚的那個了吧？」

奇諾點點頭，男子繼續說：

「我們是為了監視他們而從北方的國家來的，這是我們每年在同一天必做的事。」

「監視嗎？」

「不是『參觀』？」

奇諾跟漢密斯分別問道，男子搖著頭說：

「是監視。因為注意鄰近國家的動向，是我們軍隊的任務。——而且那個國家還是最可怕、也最需要警戒的國家。他們每年都會用份量超多的砲彈進行軍事演習。相信妳們也見識到了吧。」

「這個嘛，或許吧……」

奇諾輕輕點著頭說道。

「那對我們來說真的是一大威脅。他們除了受到固若金湯的城牆保護，還有大量的武器與砲彈存量……我們實在很怕那個國家哪一天會對我們發動攻擊呢。截至目前為止是還沒有那個徵兆，但絕對不能掉以輕心。所以我們都會來監視他們的軍事演習。」

「原來如此。這麼熱還得執行任務，真是辛苦你們了。」

聽到漢密斯這麼說，那些男人苦笑著說：

「我們早就習慣了。——明年我們還會再來的。」

向那些男人們道別後，奇諾跟漢密斯再度奔馳在漫長無盡的森林山路上。這裡空氣又熱又潮濕。

只有在道路為東西向時，奇諾才會拉低帽沿。否則綠意盎然的森林剛好能幫她們遮蔽陽光。

「煙火好美哦！」

漢密斯說道，奇諾點頭認同。

「是啊，規模龐大果然有差呢！」

「但情況並不尋常吧？」

「嗯，只是實在是很漂亮，說對我們來說並沒什麼差啦！」

「沒錯！」

在充滿蟬鳴的森林裡，載滿旅行用品的摩托車繼續奔馳著。

「煙火之國」
—Fire at Will !—

第四話
「有領袖之國」
—I Need You.—

第四話「有領袖之國」

—I Need You.—

在險峻的山岳地帶，一座尚稱遼闊的山谷裡，有一個國家。

城牆是利用附近山區開鑿的石塊建造而成，就連屋舍及道路也是石造的。那些都是遠古的前人所建造的遺跡，而後來其子孫或外來者來到這裡之後，把這裡當成國家繼續沿用。

馬車在街道上緩緩往來，壯碩的牛隻在農地犛田。這裡是個既悠閒又和平的國家——可以這麼說吧。

從很久以前，這國家就設有宗教上及精神上的指導者。

那個人被稱為「領袖」。

領袖是從普通人裡，透過嚴正的抽籤方式選出來的。再經過一番教育，才賦予其這個重責大任。他必須嚴守戒律，以全國國民模範的身分為眾人服務。

現任的領袖是一名五十歲出頭的男性，是在前任領袖臨死前選出來的。他擔任這個職務已經有二十年以上，不僅相當稱職，也受到全國國民的支持與愛戴。

但是大約半年前，這名領袖卻突然消失了。縱使找遍全國也找不到他。沒有人知道他是如何從這個國家憑空消失不見的。

過了沒多久，一群自稱是「谷地山賊」的人傳來『我們綁架了你們的領袖，若不支付贖金，我們就立刻殺了他』的訊息。大家都非常驚訝。

畢竟領袖是非常重要的人物，於是大家就遵照山賊的話，把金銀財寶啦、食物啦、衣服等等都拿去給山賊。

但是山賊後來也沒有釋放領袖，只說暫且饒他一命。並且一次又一次地逼迫國民再多送些東西給他們。

這些行為讓國民深感困擾。

某天，難得有個旅行者來到這個國家。

而這個開著破爛車子的旅行者，是一名獨自旅行且穿著高雅的妙齡女郎。她右腰的槍套裡放著一把大口徑的掌中說服者。
她外表看起來相當強悍。
全國的領導階層集合起來說明整件事的來龍去脈。並詢問她是否願意接下殲滅山賊的工作。
那名女子表明想瞭解山賊山寨的詳細情形。他們告訴她那個山寨位於山谷上方，無法從下方接近。就算想從對面山谷用步槍狙擊，距離也太遠等等。
女子考慮了一下，然後說：
「你們願意出多少報酬？」

這裡有個山谷。
它佈滿了險峻的岩石，深度約幾百公尺。從這高度往下看，谷底流動的河流也相對變得細小，還讓人有種頭暈目眩的感覺。整座山谷寬約兩公里左右。
山谷裡只有一條蜿蜒的窄長坡道，可勉強供一輛車子通行。
在那條路旁，也就是山谷相當高的位置，矗立著幾間小屋。其中有一間比較大，其他幾間則比較小。那裡就是山賊的山寨。
旭日降臨在這片山谷。

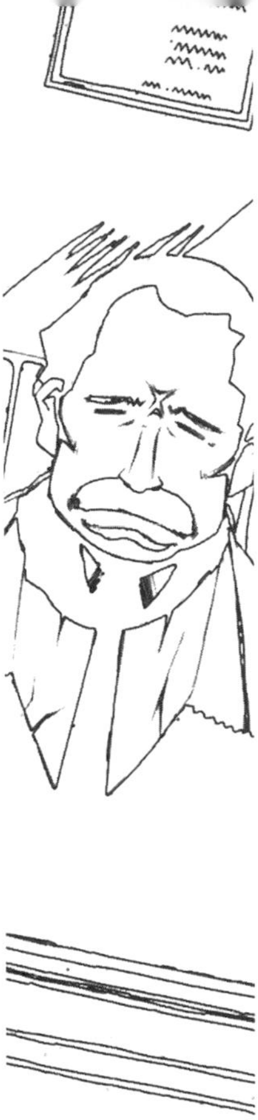

在晨光照耀的淡藍天空，飄著幾絲雲。被夜晚露水濡濕的高山植物顯得格外美麗；這是一個舒適的初夏早晨。

山寨前方有三名手持步槍型說服者的人站崗。從小屋裡面則升起縷縷炊煙。

此時有個山賊從小屋走出來，手中端著一只熱氣騰騰的茶杯。他走近守備的男子，把那杯熱茶遞給他。

在守備的男子向他道謝並接過茶杯的那一瞬間，陽光剛好照在他們倆身上。

耀眼的太陽從對面山谷的後方，沿著峰峰相連的山脈露出臉來，瞬間把山寨跟山谷全照亮了。

守備的男子瞇著眼睛，把茶杯稍微舉高，向晨曦打招呼。

「又是新的一天！」

男子話剛出口，身體卻只剩一半。

他的身體炸開，內臟跟鮮血四處飛散，上半身則掉落在一旁，茶也灑了滿地。

另一個人還不曉得究竟發生了什麼事。不過此時他的胸部以上炸開，雙手跟頭也掉落在地上。

一秒後，兩聲既低沉又悠長的砲聲在山谷中響起。

一個守備者正感吃驚，隨即身首異處。另一個人則大喊：

「有、有敵人來襲！」

不過那是他所說的最後一句話。

有兩名男子從小屋衝出來，卻也在同時被炸得飛出去。像遠雷般低沉又悠長的砲聲響徹整個山谷。

「是狙擊！我們遭到攻擊了！」

一個人趴在地上大喊。

位於最旁邊的一間小屋遭到砲彈攻擊。當它被擊中時，木屑四散紛飛，同時一陣劇烈搖晃，接著便整棟垮了下來，睡在裡面的人全數被壓在底下。

其他小屋也崩塌了，還嘩啦嘩啦地滾落山谷。幾個趴在前面的人受到波及，一起被捲落谷底。

從較大的屋子跑出來的山賊們個個手持步槍。雖然躲在岩石後面掩蔽，卻因為不曉得對方從哪個方向開槍而陷入一陣混亂。

這次砲彈射向岩石，大概三發就把岩石打了個粉碎，還把藏匿在後面的三人給轟了出去。

山谷前面的山頂上，有一名女子。

在土堆上的女子背對著太陽，兩腿往前伸地坐著。她前面立著一個鋼鐵製的粗三腳架。上面還架了一挺長度約有一個人高的說服者。

那挺說服者原本是裝設在戰車上，用來摧毀卡車或裝甲車等堅固目標的。普通不會拿來射擊人。

說服者上面還裝有一組狙擊鏡，但超大的尺寸卻讓人不禁懷疑這是不是天文望遠鏡。

女子透過它，清楚的看見山谷對面處於受光位置的山賊們四處逃竄的模樣。

女子用兩手抓住說服者最後面的兩根直立棍棒。她小心翼翼地瞄準，然後壓下大姆指旁的發射桿。

隨著「轟隆！」的巨響，一枚砲彈發射出去，沉重的說服者隨後座力搖動著，砲管射出的驚人力道引發一股強烈氣流。要不是有事先撒水，鐵定會揚起好大的沙塵呢。不一會兒，一顆大到足以當花瓶的空彈殼掉落在地上。

這發和步槍用的相比顯得碩大無比的大型砲彈，劃破空氣朝山谷飛去，把一名山賊的身體活生生削去一半。

當女子再次窺視狙擊鏡的時候，看到山賊們把一名中年男子拖了出來。

「看到了沒有？再攻擊我們就殺了這男人！」

縱使他們講的話傳不到山谷對面，不過從舉動還是能瞭解他們的意思。他們讓拖出來的領袖坐在地上，並用自動式掌中說服者抵住他的頭，眼睛全盯著剛剛砲彈射過來的方位。由於逆光的關係，他們只看到太陽，而且還被照得睜不開眼睛。

滿臉鬍鬚的領袖一臉不知所措，只是雙手高舉跪坐在地上。

「我真的會開槍哦！」

山賊好幾次作勢要開槍，然後用說服者抵住領袖的頭。

女子雖然清楚看見這個景象，卻彷彿事不關己地繼續射擊。

每次開砲，綁在她身後用來馱重物到此的牛就被爆炸聲嚇到。

「沒聽到我說會開槍嗎？」

用說服者抵著領袖腦袋的山賊大喊，不過砲彈還是照常飛來。好幾個人慌張地從較大的屋子裡跑出來，結果還沒做任何反擊就被砲彈打死。甚至連躲在屋裡的人也一樣被擊中。

眼看除了自己跟領袖，其餘的人都一動也不動了。就在此時，最後一顆砲彈朝早已嚇得目瞪口呆的山賊那兒飛去。

「怎麼會這樣……」

跪在地上雙手高舉的領袖，緩緩地環顧四周。原本是山賊山寨的地方，現在已經是屍橫遍野，彷彿剛經過一場丟番茄的祭典。

距離最後一聲砲響已經過了許久，於是領袖慢慢站起身來。這時卻咻地飛來一發砲彈，粉碎了他斜後方的岩石。讓嚇得發抖的領袖又乖乖坐回地上。

過了好一陣子。

領袖這次打算慢慢移動身體躺在地上。哪曉得這次又從對面飛來一發砲彈，把小屋的圓木轟成兩半。

「看來這是在警告我『不要動』，那我還是乖乖別動好了。」

於是領袖就這樣照做。

太陽高高升起，濺在岩石與泥土上的血跡都已經乾了。

依舊呆坐在原地且汗流浹背的領袖，聽到好像有馬匹爬上山谷的馬蹄聲。聲音一下子就離得很近，結果果真來了一匹馬。

一名黑色長髮的女子從馬背上下來，以右手拔出腿上槍套中的大型左輪槍。

女子邊對四周稍做警戒邊走近領袖，並且對他說：

「你是領袖先生吧？是你國家的人雇用我來的。」

領袖抬頭看了一下女子，長滿鬍子的嘴巴嚇得語無倫次，好不容易才說：

「終、終於得救了……」

然後一連點了好幾次頭回答女子的問題。

「果然沒錯。我還有一件事想請教領袖先生，不過在那之前……」

女子舉起左輪手槍，對準領袖正後方兩公尺左右的一名渾身是血躺在地上的山賊——那是個身材略矮，但長相英俊的年輕人。

「那邊那個人，請你起來！」

聽到女子這麼說，那名男子睜開了眼睛。他先坐起身來，表明手上沒有任何武器，再慢慢拭去臉上的汗水。然後高舉雙手。

「傷腦筋，我還想說應該不會被識破呢……」

「你已經躲在領袖後面很久了，還敢說這種話。」

女子說道。

「領袖先生，你站得起來嗎？」

女子問道，領袖隨即站了起來。然後撿起剛剛還指著自己腦袋的掌中說服者及握著它的右手斷臂。他把手臂剝下來，然後舉起說服者，對準雙手高舉的男子。

「你、你這個山賊！竟、竟敢這樣對我！」

「好歹要留一個活口當證人。我能體會你現在的心情，但是請不要殺他。」

女子話一說完，就把自己的左輪槍收進槍套裡。而領袖也垂下手沒有開槍。男子則輕輕地聳了

一下肩。

「全國國民是怎麼談論我的呢？」

領袖詢問女子。女子回答：

「大家都非常擔心你。」

「是嗎……」

領袖喃喃說道。然後把手上的說服者對準女子。雙手高舉的男子再次聳了一下肩。

「他們擔心？擔心我？——太扯了！妳這女人！把手舉高！」

領袖長滿鬍子的臉露出了真面目說道。

「這是怎麼回事？有必要拿它指著我嗎？」

女子把手舉到肩膀略高的地方，語氣平淡地問道。

「被妳猜對了！妳打算把我帶回去，然後讓我繼續以領袖的身分替國家那群傢伙做白工對吧？——什麼領袖！別開玩笑了！還不是他們自己亂選出來的，害我原本平靜的生活全被破壞！我不僅無法自由見我的家人！甚至連父母臨終前的最後一面都見不著！我只是被迫以領袖的身分活在世上，擺出讓他們尊敬的模樣！這個職務害我浪費了一大半的人生！那些傢伙想要的並不是我！是『領袖』！我再也不想回那個監獄了！」

領袖一口氣把話講完。然後放低聲調冷冷地說：

「所以我要殺了妳，再逃到別的地方去。我也受夠跟那群愚蠢的山賊一起生活，我要旅行到其他地方，重新過我的人生。反正旅費跟馬匹我都有了。」

「講我們『愚蠢』未免太過份了吧？大家只是照你的提案去做耶！」

雙手高舉的男子說道。

「抱歉，老兄。這些日子受你們不少照顧。——還是你要跟我一起走？我可以收你當部下哦！」

「我心領了！」

「既然這樣，等我殺了這女的再來解決你。」

高舉雙手的男子看著露出奸笑說出這番話的領袖，然後對同樣舉起雙手的女子說：

「這位帶左輪槍的女士，看了這個男的之後妳做何感想？」

「這個嘛……是讓人有許多省思啦——。但是這時候並不適合想那些事。」

「沒錯，有道理。」

兩人看著領袖，然後女子開口說道：

「領袖先生，我想請問你一件事。」

領袖笑著說：

「怎麼？女人妳想求饒？」

「不是的。──你是如何神不知鬼不覺地從那座『監獄』逃到外面來的？國內的人們都覺得很不可思議耶！」

「喔，那個啊？」

領袖露出得意洋洋的表情。

「關於那個，不過是知識而已！我學生時代曾鑽研考古學，對那國家的構造小有研究。有一次很偶然地從老人家口中得知過去的下水道曾被拿來當做國王的逃難路線。現在根本沒有人知道這件事，於是我就利用它跑出來。我真佩服自己如此幸運。──後來就遇到這群愚蠢的山賊，他們就聽我的話替我做事。」

「這樣啊，原來是這麼一回事。」

女子點點頭。男子也深感佩服。

「好棒的避難路線，以後應該把它堵起來才對。」

「我想也是，妳臨死前講的這句話很對。」

領袖說著，便咯咯地笑了起來。繼續舉著說服者指著女子說：

「那現在就請妳受死吧。好了，妳希望我打哪裡呢？是手？還是腳？哪裡好呢？嗯？哪裡比較好？」

「就腳吧！」

看著樂在其中的領袖，幾乎說出「這下死定了」的男子露出驚訝的表情，並輕輕地搖搖頭。

領袖口沫橫飛地說道，並對準女子的腳扣下扳機。

「卡嚓！」一聲響遍了早晨的山谷。

「奇怪？」

領袖再度扣下扳機，又發出清脆的聲響。

「奇怪？」

「領袖先生～其實那把說服者還沒裝子彈呢。排匣孔旁邊不是沒有紅色標記？所以是射不出子彈

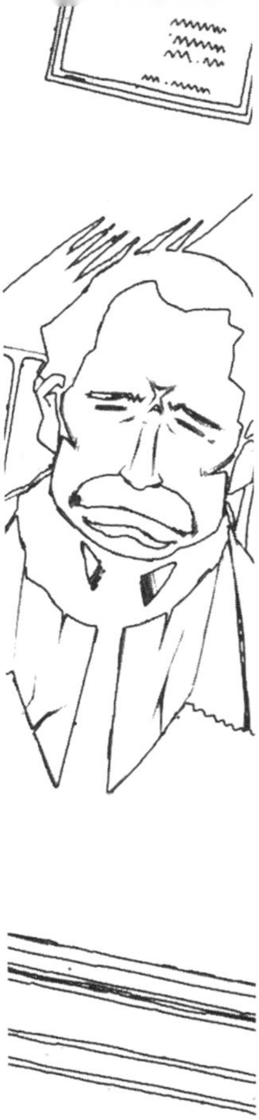

的喲！哎呀呀——」

男子說道。女子緩緩地拔出腰際的左輪槍，對準急忙動手裝子彈的領袖，然後開了槍。

「已經太遲了。」

「其實領袖先生。」

女子對著仰躺在地上的領袖說：

「我接受的工作有三個。第一個是殲滅山賊。第二個是瞭解逃離路線的機關。然後第三個是，回國之後做『你已經遇害』的報告。其實那個國家的領導階層早就放棄你了，但是國民又祈求你能夠平安無事，因此他們無法對你見死不救。所以不管你是生是死，我都要報告你已經被山賊所殺，好讓他們再選出新的領袖。而且日期就在明天，同樣是以抽籤的方式。」

「…………」

「所以他們要我轉告你——只要你不回那個國家，你大可獲得自己想要的自由。隨便想去哪兒都行！」

「…………」

此時男子代替沉默的領袖說：

「真是太好了！那你不就如願以償了！」

男子開心地說道。躺在地上的領袖雙眼直視著天空，然後瞳孔放大，斷了氣。

從他的嘴裡不斷流出涓涓的鮮血。

「好了！」

女子把左輪槍收回槍套，對著男人說道。

男子也馬上站起來，滿臉厭惡地把別人快乾的血從自己身上拭去。

「其實你本來不是山賊吧？」

女子斬釘截鐵地說道。

男子把沾在雙手的血全擦在褲子上，然後用他俊俏的臉龐看著女子。

「啊……傷腦筋，妳怎麼知道的？可否告訴我原因呢？難不成『就山賊來說，我的動作太敏捷』或者『緊急時刻的判斷力太優秀了』呢？」

男子嘻皮笑臉地詢問著，但是女子卻把頭撇到一邊說：

「我在半年前曾到過一個國家，在那裡看過通緝你的照片。──要是現在離那國家很近的話，我會很樂意把你的項上人頭帶過去的。」

「……是嗎？」

「我的工作是殲滅山賊。至於你，可以自由離開了。」

「我會聽妳的話做的，反正開心的山賊遊戲也結束了。那麼告辭了。」

正當男子轉身準備離開時，女子又開口道。

「不過，關於你們從那國家勒索來的財寶藏匿處，請你現在告訴我，我要全部帶走。」

聽到這句話的男子，一臉不甘願地仰望天空。接著他轉過頭來，對面無表情的女子說：

「至少也該分我一半吧？那些可是我正正當當賺來的耶！」

「全部。」

「不然四成怎麼樣？好歹我也有一點權利吧？」

「全部。」

「那、那至少三成五呢？雖然不是很妥當啦！」

「全部。」

「要是低於三成，我會很痛苦的。」

「全部。」

「那不然，最少最少兩成——」

「全部。」

「我幫妳搬嘛——」

「那就全讓你搬吧！」

「天氣不錯吧？」

「是啊。」

「……就算一點點——」

「全部。」

「…………」

後來男子閉上眼睛，抱起胳臂沉思好一會兒。

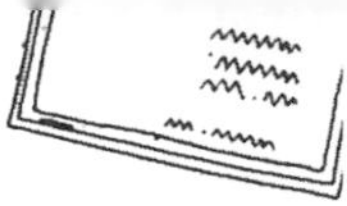

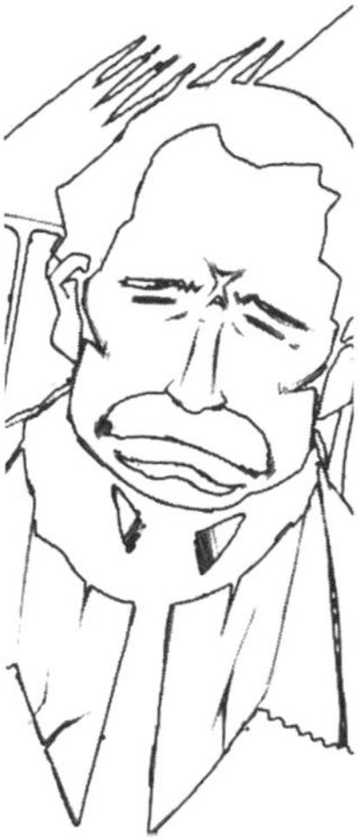

「呃——很冒昧想請問妳一件事……」

「什麼事？」

「曾有人說妳是『魔鬼』嗎？」

有輛車行駛在山間小路上。

那是一輛車況不怎麼好，外觀也令人不敢恭維的小車。

車子逐漸遠離曾是山賊窟的山谷，緩緩行駛在路況惡劣的道路上。天邊的夕陽即將西下。

開車的女子發現一名男子站在杳無人煙的山路上。

那是個身材略矮，但是長相俊俏的年輕男子。他背著一只簡單的包包跟一挺步槍站在路旁，對著車子直直伸出右手，並翹起大姆指。

車子停在男子面前。他走近車子，對駕駛座上的女子說：

「不好意思，可以載我一程嗎？雖然我沒有交通工具也沒有錢，但是對於唬弄人倒蠻有自信的。其實我是覺得這方面沒人能比得過我啦！」

男子露出懸掛在左腰的掌中說服者。那是一把二二口徑的自動手槍，還裝有正方形的槍管。

「我從小就超愛用它，是我唯一一個片刻不離的家當——對了對了，我還能幫忙搬東西呢！」

男子笑容滿面地說道。然而女子卻毫不客氣地說：

「我不需要什麼伙伴。」

她繼續把車往前開。男子邊追著車子邊喊：

「而且！我還會修妳的說服者！妳的槍管跟輪盤距離太空了！想必威力減弱不少吧！」

車子跑了二十公尺又停了下來。男子追上去後，女子從駕駛座走下來。

「你會開車嗎？」

「當然會！」

男子把行李放在後座，喜滋滋地坐上了駕駛座。

一等女子坐進他身旁的位子，他便發動車子前進。

第五話
「無法忘卻之國」
—Not Again—

第五話「無法忘卻之國」

—Not Again—

森林一片焦黑。

這片綿延好幾座山丘的山坡地，斜坡陡峭得相當明顯。坡上的樹林因為樹枝跟樹皮都被燒焦，變成一根根並列的黑色柱子。被燒得硬邦邦的泥土上，還散落著許多焦炭的碎片。

像是配合這幅無趣的景象般，天空也是一片烏雲密佈，早晨理應高掛在天際的太陽，此刻卻不見蹤影。偶爾還從雲層間落下幾滴雨。

沿著山勢，有一條蜿蜒的泥土路，這條路的彎度和起伏相當劇烈，寬度大約可容一輛車通行。路面頗為潮濕，到處還殘留著混濁的水窪。

一輛摩托車正在這條路上奔馳。

車子的後座位置裝了載貨架，上面放了一只大包包，後輪兩側各裝著一只箱子。捲起來的睡袋跟棕色大衣則綁在大包包上。

騎士是一名年輕人。年約十五歲。身穿黑色夾克，腰部以皮帶束緊。右腿懸掛著掌中說服者的槍套，裡頭插著一把左輪槍。頭上則戴著附有帽沿及兩片耳罩的帽子，眼睛戴著防風眼鏡。

在泥濘的道路上，騎士小心翼翼地行駛。在遇到大水窪的時候，還一度停了下來，待確定水深之後才一股作氣地通過。

「我說奇諾呀。」

「嗯？」

摩托車一面跑，一面從下方詢問騎士。名叫奇諾的騎士回答：

「妳記得我們截至目前為止，已經造訪過幾個國家了嗎？」

奇諾搖搖頭說：

「不記得，漢密斯你呢？」

「我哪可能記得，我就是以為妳應該記得才問妳的呀。」

名叫漢密斯的摩托車語調輕鬆地回答。

奇諾說：

「我還真記不得去過幾個國家呢。不過，要全部仔細記住是不可能的。如果有寫日記的話，就另當別論了。」

「是嗎——」

「人是很快就會忘記印象不怎麼強烈，或沒必要的事情。搞不好連去過的國家都會忘了。只是……」

「只是什麼？」

漢密斯問道。

「我有時候會覺得，人類會遺忘是一件很棒的事。」

奇諾邊通過淺水窪邊回答。

「這話是什麼意思？」

「總之呢，因為能忘記令自己不愉快或痛苦的事，就不會過度絕望，也能夠繼續積極地面對人生。」

「喔～原來如此！」

「不過這也是因人而異啦，畢竟也有些事是值得記住的。」

「譬如說，在泥濘道路上行駛時車身過於傾斜，就會打滑的體驗？」

漢密斯問道。

「對不起啦！」

奇諾的左腳、左臂，以及漢密斯的左側置物箱都沾滿了泥巴。

順著蜿蜒的山路來到谷底，之後就開始跟溪流平行前進。湍急的河水頗為混濁。

奇諾跟漢密斯繼續前進，好不容易走完了山區，道路也轉為徐緩的下坡道。這下她們終於看到了準備前往的國家。

盆地裡有個四周以城牆圍住的國家。那是個利用少處平地建立的國家。好幾條源自山區的河川都流向那個國家裡。

「終於到了，花了我們好多時間呢。」

漢密斯說道，奇諾回答：

「是啊。路況又差，騎得好累……這三天真想好好休息一下，乾脆就待在旅館裡睡覺好了。」

「可是難得來到這裡，最好還是四處觀光一下吧。譬如說參加個祭典什麼的。」

「祭典啊……如果有的話就去看看吧。」

奇諾跟漢密斯奔馳在長長的緩降坡上。

「好了，入境手續全部辦理完畢。請稍待一會兒。」

在城門中間崗哨裡的衛兵對奇諾說道。

「對了，奇諾妳們是特地為了參觀儀式而來造訪我國的嗎？」

「儀式？不是的。」

「什麼儀式？」

奇諾跟漢密斯問道。

「看來妳們並不曉得。其實今明後三天，也剛好是兩位停留的這三天，我國將舉行『大洪水追憶儀式』。為了提醒大家不要忘記七年前那場大水災，我們每年都會在當天舉辦這個儀式。」

「這裡曾發生過水災？」

奇諾立刻問道。衛兵微笑著點點頭說：

「是的，那場水災相當嚴重，甚至可以說它將永遠被記載在這國家的歷史上，是一場空前絕後的大洪水。整個國家因為連續一個星期的大雨而淹水。不僅引起大混亂，導致建築物受損，甚至還出了人命。混濁的泥水整整三天不退，好不容易退了，又發生污染及傳染病，真的把整個國家忙翻了。為了銘記這痛苦的記憶，於是全國各地都會在同一天安排紀念儀式。」

「原來如此。」

衛兵又說：

「方便的話，請奇諾妳們也跟百姓們一起參加這個儀式吧。基本上，全體參加儀式也是國民應盡的義務。」

奇諾推著漢密斯穿過城牆之後，前方就是一座廣場。

「已經開始了呢！」

那裡聚集了許多人，還聽得到演講的聲音。

「——於是我們從那場壯烈的大洪水中倖存下來。我們要永遠追思那些罹難者，感謝上蒼讓我們像這樣過著平穩的生活，還要努力讓這個國家更加繁榮與——」

陰暗的天空下，講台上有個站在擴音器前熱烈演說的男子。其後方還坐著幾名看似什麼代表的人士。

「——絕對……沒錯，我們絕對不能忘記那件事，而且立誓要努力活下去——」

奇諾緩緩地推著漢密斯走近集會處。

「——並且希望能一起分享像這樣順利完成東門前廣場晨間儀式的喜悅！」

熱烈的演說一結束，現場所有的人開始默哀致敬。

開始散場時，一位居民看到奇諾。

在打完招呼跟自我介紹之後，那位居民開始說明現在結束的是七年前大洪水的紀念儀式，以及當時的洪水有多可怕。他的敘述跟衛兵說的幾乎重覆，過了沒多久，

「旅行者妳看！」

其他居民指著劃在城牆上的刻度。那刻度遠超過一個人的身高。

「當時水位最高是到那兒呢，真的很可怕吧？」

廣場旁有條不算寬的河川流過。那是從城門的取水口將外面的水直接引進來的。

「平常看它是這麼小的一條河，但當時卻湧入非常驚人的水量。即使關上城門，水還是不斷的沖進來，而雨也一直下不停，那時我們真是束手無策。」

奇諾看著那條小河跟取水口。

「對了，妳們看過殘留在城門上的水位痕跡沒有？」

居民問道，奇諾皺了一下眉頭，然後輕輕地搖頭。

這國家境內是一片平坦的土地。

那裡有仔細整頓過的農地，及並排的木造平房。道路與小河平行而築，菜圃裡引入了灌溉用水。河邊有用土簡單堆成的河堤，上面還開滿了黃色的小花。

她們悠閒地在路上行駛，朝國家的中心地帶前進。奇諾她們在大型建築物櫛比鱗次的中心地帶找到旅館，並且進去投宿。

被帶到房間的奇諾把漢密斯停好，然後卸下行李。

接著，奇諾爬到這棟兩層樓高旅館上方的屋頂曬衣場。

從那兒往許多高大建築物看過去，可以清楚看見後方的城牆，而更後面則是盆地四周的山

巒。河川下游西側座落著綠色山峰，上游東側則是深咖啡色的山峰。

「…………」

奇諾抬頭仰望天空，上面依舊飄著雲朵。

「回去睡覺吧！」

回去之後，奇諾在房門前被旅館人員叫住。

「啊，原來妳在這裡！旅行者，等一下我們全體將出席中午的儀式。因此無法供應午餐。如果不嫌棄的話，請跟我們一起參加儀式。在那兒可自由享用免費提供的餐點喲！」

奇諾進了房間之後，對漢密斯說：

「所以我們參加吧！」

「什麼叫『所以我們參加吧』？」

漢密斯說道。

旅館附近，差不多就在國家的正中央有一座大公園。裡面有道路、草坪、人工樹林及人工水池。

公園中央有個大型水泥台，上面有幾個人搭著小船的銅像。那是大洪水紀念碑，前方還擺了許多點燃的蠟燭。

紀念碑前有個比剛才看到的還要大的講台，上面臨時架起篷子，中間還擺了麥克風。公園裡到處可見「毋忘該日」的旗幟。

聚集在此的人也相當多。擺在講台前的那些椅子早已坐滿。周遭還有不少沒位子坐的人們在竄動著。至於廣場四處可見擺著食物及飲料的帳篷，裡面的人為了準備正忙得不可開交。

「看大家很開心的樣子，但這卻是個祭典？」

漢密斯說道。

不久，樂團成員帶著樂器聚集在講台旁，並且在事先準備的位子坐定。盛裝打扮的男女老少紛紛走上台，開始測試麥克風。

司儀走上台，講了好長的開場白之後，儀式終於開始了。

首先是全體做短暫的默哀。

再來就是一連串重量級人士上台致詞。

接下來司儀向大家介紹當時英勇救災的消防隊隊員，他們就坐在最前面一排的座位接受表揚。

接著講台上的人一一被介紹，並各自做了段演說。

有中年女子發表「在避難所感受到人間的溫暖」。有男子發表「雖然他失去了工作，卻與相同境遇的人互相勉勵」。有學校教師發表「跟學生重新種植被洪水沖走的路樹」。

漫長的儀式進行著，

「等結束了再叫醒我。」

漢密斯說完，不一會兒就安靜無聲了。

最後是一名少女的演講，她說自己在當時失去了父親，但多虧周遭眾人的溫暖支持，如今才得以堅強活下來。還唸出一封寫給在天國的父親的信，在座的聽眾無不熱淚盈眶。

「旅行者，這個給妳。」

當奇諾接下寫有歌詞的紙張同時，

「那麼為了提醒各位不要忘記那一天，讓我們一起高唱這首『安魂曲』，好讓我們的思念傳達到天國！」

司儀一說完，指揮敬完禮之後就開始揮動指揮棒。樂團開始演奏。
合唱團開始唱歌，在場的眾人也跟著一起開口唱。
此時奇諾看看上面的歌詞。

『安魂曲 ～毋忘該日～』

那是個寧靜的春日，
理應是個祥和的春日。
一滴雨化為傾盆大雨，落在地上。
一天的雨化為九天的雨，落在國內。

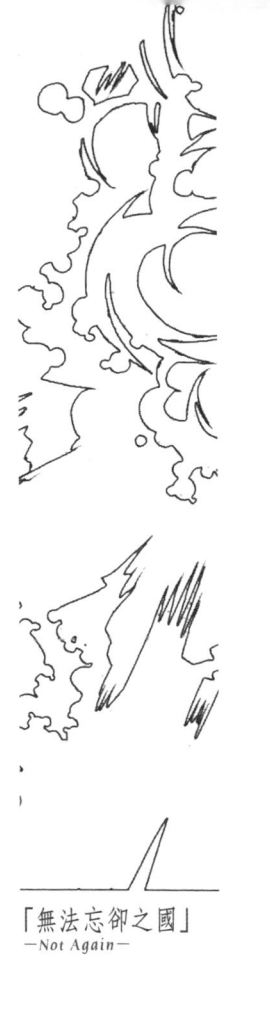

啊～怎麼會有這種事？
當它終於成為十天十夜的雨，
我們的故鄉，
＊遭濁流襲擊！（襲擊！）
遭濁流襲擊！（襲擊！）

喔喔，怎麼會有這種事？
國家化為一片汪洋，屋舍化為座座島嶼。
平穩的餐桌突然遭泥水淹沒，碗盤飄浮祖父溺斃。
許多人因此喪命，流離失所，無法安息。
那天我們失去了家園。
（＊重覆）

然後那個時候，
我們的團結面臨考驗！（面臨考驗！）

我們的勇氣面臨考驗！（面臨考驗！）
洪水終於利用渠道引至河川，堆積的泥沙逐漸乾去。
從此無論經過多少歲月，我們都不會忘懷那天。

所以，
我們想告訴天國的各位。
我們無法忘懷那一天。
毋忘該日！（毋忘該日！）
毋忘該日！（毋忘該日！）
毋忘該日。

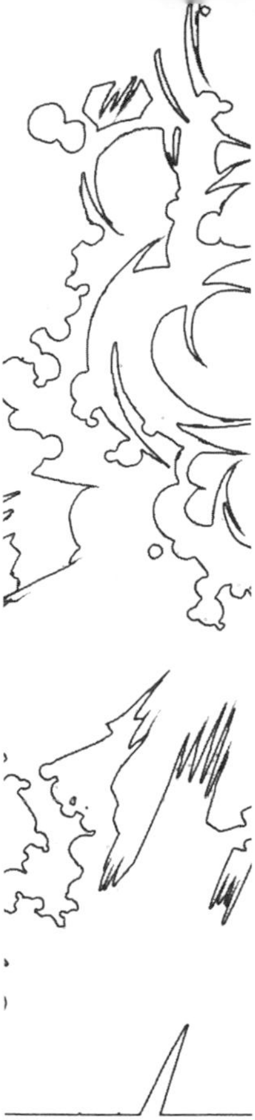

歌聲結束，台下滿場喝采，儀式也終告結束。

有些人馬上回家，有些人留在原地談笑，但大部分的人都在分配食物的帳篷排隊。

奇諾把漢密斯敲醒後就去排隊。附近的人告訴她，水災發生當時有許多人沒有食物可吃，是幾天後經由國家配給糧食的。而現在這個活動就是讓大家重溫當時的狀況。

「為了不忘記那時候的事對吧？」

排了很久的隊之後，奇諾終於分到糧食，是兩個飯糰跟蔬菜鮮肉湯。她坐在漢密斯的旁邊吃起來。

吃完之後，

「接下來怎麼辦？」

漢密斯問她。

「祭典看過了，」

奇諾答道。

「反正也都出來了，就順便採購一些必需品吧！」

奇諾出了公園之後，朝隔壁的市場走去。裡面擠滿了許多參加完儀式的人，所以相當熱鬧

呢。

她看到一家服飾店，便問裡面的老闆娘：

「請問有白襯衫嗎？」

「這個怎麼樣？」

老闆娘拿給她看的是背後印有大大的『那天之後七年．我很驕傲自己活過那場災害』的字樣。左胸還繡了洪水淹沒房舍的可愛圖案。

「…………」

「這價錢比普通襯衫稍貴一些，對旅行者來說，是這國家很讚的紀念品喲。其他還有——」

老闆娘拿出寫有『今年身高超過國家中央水位』字樣的兒童襯衫，『待年紀增長後，將對那年春天的大洪水感到自豪』字樣的帽子，以及背後寫有門牌號碼及水位標記的大衣等等。

「沒有……普通一點的嗎？」

奇諾問道。

「現在都是出這類型的，因此我店裡只有這些。」

老闆娘答道。

於是奇諾放棄購買襯衫。接下來她去了工具店，問他們是否有賣刀子。結果他們只賣刀柄刻了大大的『七週年．春天再次降臨』字樣的刀子。

逼不得已只好改找磨刀石，但只有賣以特別紀念袋裝的。奇諾詢問它的價錢。

「價錢蠻貴的，裡面的石頭沒幾顆啊。」

「因為這是紀念版的，妳看這袋子很漂亮吧？」

「不過是石頭耶……」

「到明後天都只有賣這種的。畢竟只有這個時候才買得到，大家都很樂意買呢！」

「這樣啊……」

什麼都沒買到的奇諾，接著來到販賣彈藥的店家。

奇諾詢問老闆是否有她想要的東西，老闆往店裡問：

「喂——有沒有七週年紀念的掌中說服者子彈？要四四口徑的空頭彈。」

裡面立刻傳來一聲回答，老闆則很過意不去地說：

「旅行者不好意思，好像只有一般子彈耶。」

一回到旅館，沒多久就開始下起雨來。雨聲淅淅瀝瀝，是一場大雨。

「好險，我們差點就要被淋濕了。」

漢密斯說道。

「…………」

奇諾沉默不語，只是盯著外面看。

然後，

「雨下得好大哦。」

奇諾對著附近的旅館人員說。

「是啊，每年一到這個季節都是這樣。而且截至目前為止，這一季的雨量出乎意料地少，還讓河川水位降低許多，這場雨來得正是時候呢。這點雨還不至於造成洪水或山崩。」

「是嗎……」

漢密斯詢問回到房間的奇諾說：

「怎麼了妳？從昨天就看妳老是在恍神。」

奇諾回答：

「我忘了……」

「啊？」

「我總覺得好像忘了什麼。」

「忘了什麼？什麼事啊？」

奇諾歪著頭說：

「……究竟是什麼呢？」

隔天早上。

奇諾起床之後望著窗外，雨還是不停地下。雖然已經是黎明時分，但天空還是烏漆抹黑的。

奇諾分解並清理一把叫做「卡農」的左輪槍，並且做拔槍練習。

在吃早餐的時候，天空還是不明朗，雨勢依舊很大。

漢密斯對回到房間的奇諾說：

「今天一整天何不輕鬆休息呢？」

「說的也是。」

奇諾在房間裡幫漢密斯做點簡單的保養，結束後便檢查自己的行李。再用舊石頭研磨幾把刀子。

這些事做完之後，外面的雨還在下。於是奇諾打開房間裡的收音機。

『——然後今年已經屆滿七週年，從今天中午起預定在中央體育館舉行的儀式，已經現場轉播完畢。這麼做都是為了讓我們能永遠記住那一天——』

「…………」

奇諾再次陷入沉思，然後，

「想起來了嗎？」

她搖頭回答漢密斯的問題。

「不行——總之，」

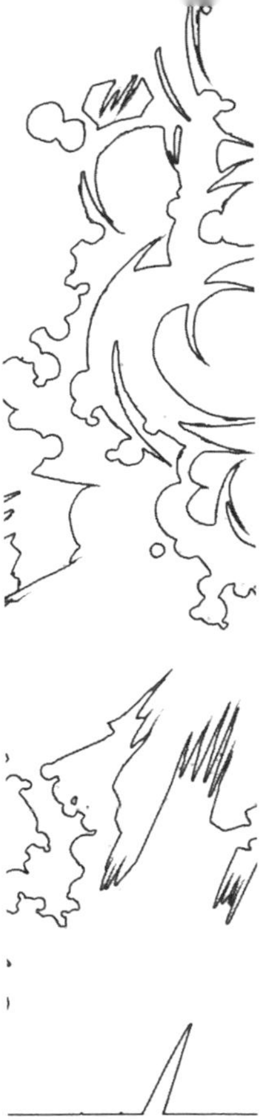

奇諾站了起來。

「總之什麼？」

「我先去問可不可以在這裡吃午餐。」

奇諾便走出房間。

奇諾從旅館人員口中得知旅館已經分配到配給的避難食品，可以把它當午餐來吃，於是奇諾便收下避難食品。同時還聽到雨勢將持續到明天的氣象報告。

「幸好有下雨呢。否則冬天總是因為太乾燥而時常發生山林火災呢。」

「這樣啊？」

當奇諾正準備回房間的時候，

「！」

她回頭問旅館人員說：

「請問那場山林火災是什麼時候的事？」

「咦？喔～大約一個月前喲！因為落雷導致起火，結果燒了好幾天呢。但是夜晚看來很美麗喲！那還是周遭山區頭一次起火燃燒，我們正打算制定一個紀念日呢！」

奇諾面不改色地點了好幾次頭。

「這樣子啊……」

「漢密斯！」

回到房間後，奇諾立刻把剛剛拿的乾麵包及香腸罐頭塞進包包裡。

「怎、怎麼了？」

「我們要馬上出境！」

奇諾把行李堆在漢密斯上面，再鋪上摺疊好的防水布一起綁起來。

「什麼？」

奇諾把大衣跟帽子、防風眼鏡拿在手上。重新繫好皮帶之後，再檢查一下右腿上的「卡農」。

「這場雨很能會再度引發洪水，我們要馬上離開這個國家！」

「咦？他們不是說每年都會下這種程度的雨？應該沒關係吧？」

漢密斯問道。

「或許吧，但是我想起來了。」

「喔，妳想起什麼？」

「以前在師父那兒遇見的一名樵夫曾說，『燒過的森林已經不是森林。千萬不要在經歷過火災的山谷及其下游停留』。因為森林的水土保持能力已經減低。所以即使平常河水的水量不多，但是大雨一來就會暴漲……。我終於想起來了。加上這裡位處低窪地區，雖然我沒有什麼確切的證據，但總有一股不祥的預感，我們還是馬上出境。可以吧，漢密斯？」

「我是無所謂啦，但是妳那莫名其妙的三天規則呢？」

「命都沒了，怎麼遵守啊？」

「原來如此，這就是所謂的『留得青山在——』」

「『不怕沒柴燒』，我們走吧！」

「…………」

奇諾也沒多做解釋，就跟旅館辦理退房手續。

然後她戴上帽子跟防風眼鏡，拉上大衣領子，把領巾圍在臉上，開始在雨中行駛。

奇諾在傾盆大雨中直奔西邊城牆，並立刻出境。

她馬不停蹄地順著泥濘道路奔馳到盆地西側的盡頭。

道路偏離河川之後又變成上坡。奇諾說：

「這一帶很安全，我們就在陡坡旁邊做停留吧。」

這條路還沒進入深谷，位置在有點高度的山丘上，她把漢密斯推到路旁的大樹下。

奇諾拉起繩索跟防水布來擋雨，然後在下方的草坪組起單人用的小帳篷。漢密斯就停在旁邊。

她把濕答答的帽子跟防風眼鏡掛在漢密斯身上。擰乾領巾的水之後，再拿它擦拭漢密斯的油箱，最後把它晾在機車龍頭上。

奇諾靠在樹幹，開始吃起免費拿到的午餐。當樹枝垂下的水滴偶爾滴進大衣背後時，

「哇啊……我最恨下雨天了！」

「請節哀順變，如果還待在國內的話，不僅能享受屋內鋪著白色被單的床，還能沖個熱水澡

呢！」

「一點也沒錯。」

吃完東西之後，她又優閒地坐著。

「…………」

在水霧裡，根本看不見遠處的狀況。水滴從樹上滴下來，時而敲打著防水布。

入夜後，雨還是不停地下，似乎沒有減弱的趨勢。

隔天早上。

奇諾隨黎明起床。

雨終於停了。穿著夾克，右手拿著「卡農」的奇諾從帳篷爬出來。

「早啊奇諾，妳能夠睡這麼熟，真是太好了。」

漢密斯說道，奇諾從防水布下走出來，並伸伸懶腰。

「是啊——的確很好。」

她看著微弱晨光中的景色。

東側有一處盆地，那裡圍著一圈城牆。盆地裡是一個大沼澤。放眼望去都是土黃色的泥水。

當天色越來越明亮，太陽也露出臉之後，那國家的模樣就更清晰可見了。源自東部山區流進那國家的河川嚴重暴漲，導致國內的河川氾濫成災。位於中央的建築物看似飄浮在水中，有些屋舍只露出屋頂而已。

「結果是一場大洪水呢，有沒有刷新紀錄啊？」

「傷腦筋……」

奇諾喃喃自語。

「我聽說以前遭遇洪水的城門並沒有換掉，就懷疑該不會取水口也是沿用舊的，河川的堤防也還是一樣低矮。」

「現在那國家的人們，或許又想起以前的水災了吧？還是已經把它拋到九霄雲外了呢？妳說咧？」

「不曉得耶～」

奇諾一面聞著森林裡潮濕的霉味，一面收起帳篷及防水布。

她吃完當做早餐的攜帶糧食後，便把行李全堆好，然後發動漢密斯的引擎。

奇諾抬頭望著綠油油的山區，

「好了，我們走吧。這邊的路似乎跟人家說的一樣沒問題呢。」

「了解！」

奇諾發動漢密斯。

然後順著泥濘道路往西前進。

她們在第七個左彎道滑倒。

倒在地上的漢密斯氣呼呼地說：

「我——都——說——了！不要在泥濘且摩擦係數低的地方壓低車身狂飆啦！」

「對不起啦，漢密斯。」

「好了，快把我扶起來吧！快點！」

「嗨咻！」

奇諾把漢密斯扶了起來。她的左腳、左肘，以及左側的置物箱都沾滿了泥巴。

「真受不了妳！難道妳忘了嗎？」

奇諾利用附近的樹枝跟樹葉擦拭泥巴，並搖著頭說：

「沒有！」

「我想這次應該會成功。」

「喔～是嗎？」

奇諾再次發動漢密斯。

「放心！」

她一面騎一面這麼說。

「放什麼心？」

漢密斯立刻回問她。

「我覺得這次一定會成功。」

「夠了啦！」

「一定會成功的。」

「都跟妳說夠了！」

「我已經抓到訣竅，一定會成功的。」

「不用了，謝謝。」

「後輪也很穩定。」

「一點都不。」

「只要把龍頭往反方向轉——」

「不要啊！」

在綠色的森林裡，摩托車繼續行進著。

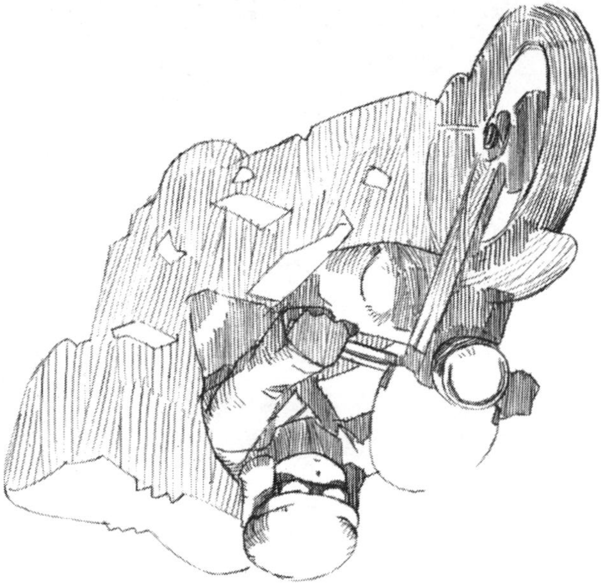

第六話
「安全之國」
—*For His Safety*—

第六話「安全之國」

—For His Safety—

這裡有一條像是替湖泊鑲邊的道路。

這裡看不見巨大湖泊的對岸，只有一路綿延的水平線。風吹起的小波浪，拍打在滿是碎石子的湖岸。略往上走有一條堅硬的泥土路，與湖泊若即若離地往前延伸。

陸地上是大約一個人高的樹林，在清澈的晨光下顯得碧綠耀眼。也看不見一絲殘雪。道路有幾處跟河川交會。冷水形成又淺又寬的河川，越過道路之後匯入湖泊。

在那河川附近，離道路有段距離的樹林裡，停放著一輛摩托車。旁邊則站著一個人。

那個人年約十五歲，有著一頭黑色短髮、一雙大眼睛及炯炯有神的表情。

她身穿黑色夾克，腰部以皮帶束緊，皮帶上掛著好幾個小包包。右腿跟背後則懸掛著掌中說服者的槍套。右腿那把是左輪槍，而放在腰後的則是槍把朝上、屬於細長型的自動手槍。

那個人緩緩拔出右腿上的左輪槍，舉到腰部的高度開了槍。槍聲響徹雲霄，同時也冒起一陣白煙。距離幾棵樹遠的一棵樹上，垂吊著一塊鐵板，子彈就是打中了那裡。剎時鳥兒也嚇得四處飛散。

「命中！」

摩托車說道。那人露出尚算滿意的表情。這次改將右手再往前伸一點，站著連開了五槍，悉數命中搖晃不已的鐵板。

「妳槍法都沒退步哦，奇諾。真是太厲害了。」

摩托車說道，名叫奇諾的人則向他說了聲「謝謝」。

「那差不多要出發了嗎？」

「不，再等一下。」

奇諾邊說邊分解說服者，再換掉已沒有彈頭的輪盤。組合好之後再放回槍套。

她走到鐵板前面，又把它吊在離剛剛的距離兩倍以上遠的樹上。

接著再走回摩托車旁。她拔出腰後的說服者，把手伸得直直的，然後拉開保險瞄準鐵板。

「漢密斯，麻煩你了！」

「好的！」

名叫漢密斯的摩托車回答。於是奇諾又開了槍，這次的槍聲比之前的還要低沉，同時也彈出一顆小空彈殼。

「命中！正中央！」

漢密斯說道，奇諾再開槍。

「命中！偏左下方！」

奇諾每開一槍，漢密斯就報告子彈打中的位置。

奇諾用掉兩組彈匣之後，這次裝上第三組，就拉上保險放回槍套，然後上前拿下鐵板。

「很準耶！想必師父不會多說什麼了吧？」

漢密斯對著走回來的奇諾說道。

「嗯，謝謝你的稱讚。練習到此結束。」

奇諾把塞在兩耳的棉花拿下來，收進了口袋裡。她把散落在地上的空彈殼全撿起來。然後發動漢密斯的引擎，湖畔剎那間響起了引擎聲。

她再把鐵板收進漢密斯旁邊的大包包裡，再把包包堆在漢密斯後方的載貨架上，然後用橡皮繩之類的把它緊緊固定住。

「對了奇諾，接下來要去的國家真有那麼危險嗎？我看妳從昨天起就一直在練槍。」

漢密斯問道。奇諾一面忙著手上的事情一面說：

「危險？不曉得。」

「不曉得？」

「其實我也不是很清楚，因為獲得的情報太少了。但還是要先做好準備，畢竟難保上次那種事不會再發生。……好了，差不多該出發了！」

把行李堆好的奇諾，再次確認有沒有漏掉什麼東西。

然後她穿上棕色的長大衣，把過長的下襬捲在兩腿上。再戴上附有帽沿及耳罩的帽子，並戴上防風眼鏡。

她跨上漢密斯，將車身往前推好讓腳架彈起。

接著便騎著漢密斯往前進。她們從樹林騎回道路上，背對著太陽奔馳。

當她們抵達湖泊對面的國家時，已經是中午時分了。

「妳好，旅行者！歡迎來到我國！」

在那個國家的城牆外側，位於城門旁有個窗口，一名入境審查官對騎著摩托車到來的旅行者打招呼。

「你好，我叫奇諾，這一位是漢密斯。請准許我們入境觀光及休息。我們希望能停留三天。」

奇諾如此說道，審查官看著漢密斯問：

「請問那輛摩托車漢密斯也要入境？」

「當然！」

漢密斯如此說道，奇諾也點頭示意。此時審查官猶豫了一下，然後說：

「呃……這件事實在很難啟齒，但是請兩位千萬不要過於在意……，其實是摩托車騎士奇諾必須簽下不在境內發動漢密斯的引擎的誓約書，否則漢密斯就無法入境。因為我國有嚴格禁止摩托車行駛的法令。」

「禁止行駛？」

「啊？那人民要怎麼移動？」

漢密斯從後面詢問。

「我國備有無人安全完全免費市民交通運輸系統。這是一種車輛，可免費使用，而且會遵照指示到任何地方。寬敞的車廂連漢密斯也可以乘載，我想在移動上應該是沒有問題。只希望兩位能答應不發動引擎就好了……」

審查官很過意不去地說明原委。

奇諾考慮了一下，

「我知道了，我答應不在你們國內騎它。」

「奇諾？」

「沒辦法啊，漢密斯！總是要『入境隨俗』嘛！」

聽到奇諾這麼說，漢密斯也只好用理解的語氣說：

「知道了啦！——至少比那個要穿奇裝異服才能入境的國家要好多了。」

「……不要再逼我想起那個國家。」

奇諾喃喃說道。

「謝謝兩位的配合，那就麻煩妳在誓約書上簽名。」

審查官開心地把文件遞給奇諾，並拿出了自己的筆。那是一支很細的筆，剎時奇諾露出不可思議的表情。

「啊，在我國都使用這種筆。墨水在這邊。」

「喔……」

奇諾在文件上寫明不會在國內發動漢密斯的引擎並騎乘它，然後簽名。審查官在仔細檢查過之後說：

「好了，謝謝妳。我馬上準備幫兩位開門。啊，為了以防萬一，我順便問一下，妳應該沒有攜帶說服者吧？」

「有耶。」

奇諾說完就握著左輪手槍的槍管，槍把朝上地把它從大衣下拿了出來。奇諾稱它為「卡農」。背後還有一把「森之人」。

當奇諾抬起頭來，審查官早就嚇得離開座位，逃到窗口房間的最裡面，然後躲在置物櫃後面戰戰兢兢地看著奇諾跟她的說服者。

「那、那些……也不能攜入我國境內喲！」

他遠遠地說道。

「咦？」

「我、我國法律禁止一般市民持有說服者。這個國家只有國土防衛組織的隊員才有權持有說服者。如果妳堅持要將它帶進國內的話，很抱歉，我無法允許妳入境。這點請妳諒解。」

審查官的態度比剛才還要過意不去，隔著大老遠的距離向奇諾解釋。

「我說奇諾，這下怎麼辦？」

「傷腦筋，要卸除武裝嗎？」

奇諾看著手上的「卡農」，露出困惑的表情。但這時漢密斯卻說：

「『入境隨俗』、『入境隨俗』、『入境隨俗』。」

「知道啦……」

奇諾喃喃地說道。她拿著「卡農」對審查官說：

「我知道了，那現在該怎麼辦呢？我身上還有一把，可否先寄放在你這兒，等出境時再過來領

「安全之國」
—For His Safety—

149

取。」

「呃……不、不需要！……啊！對不起，我很怕說服者這種東西！天哪，不要讓我看到它！」

哇！」

只見審查官整個人躲在置物櫃後面。

結果奇諾身上的說服者全被分解，放進審查官準備的保險箱裡。保險箱會在她出境的時候送到西城門。

審查官把那份文件重新做了修改，結果花了不少時間才完成所有作業。

接著審查官說：

「抱歉讓兩位久等了，那麼我這就去開城門……。啊！請問妳該不會有攜帶刀械吧？我國法律全面禁止一般人持有刀械──」

奇諾面不改色地點了好幾次頭說：

「有的，我帶了好幾把。……可否請你一併告訴我，其他還有哪些物品禁止攜入嗎？」

「終於入境了。」

穿過城門後，奇諾說道。

「累死人了。」

被奇諾推著走的漢密斯附和地說。

後來她們把身上的刀械全繳交出來，文件重新整理。還請衛兵列出奇諾攜帶的物品裡有哪些是法律禁止攜入的。結果奇諾不能攜帶入境的，有好幾件前端尖銳的工具，還有不曉得為什麼，竟然連搭帳篷用的繩索類也不行。

當奇諾得以入境的時候，天際已是一片美麗的夕陽餘暉。

城牆內有許多經過規劃而建造的寬敞平房，鋪設的道路也很寬廣，看得出來平日有善加維護。可能是傍晚的關係，路上見不到什麼人影。

奇諾脫下身上的大衣，把它掛在行李上方。然後看著右腿空蕩蕩的槍套說：

「減肥成功，身體變好輕哦。接下來……」

奇諾望著街道，不久一輛安靜無聲駛近的車輛停在奇諾跟漢密斯面前。裡面有許多座位，但

是車上沒有半個人。

車輛發出「請上車」的聲音，同時拉開了車門。好幾個座位疊在一塊，形成一處平坦的貨物架。車子高度很低，貨物架幾乎跟路面平行。

「這就是那個無人什麼來著吧？」

漢密斯說道。路上到處可見類似的車輛。奇諾「原來如此」地喃喃說道，然後把漢密斯推進貨物架，自己則到椅子上坐好。

聲音詢問「請問要去哪裡？」，奇諾囉哩叭嗦地說出她大概想去什麼樣的旅館。

聲音回答「瞭解」之後就開始行駛。車速非常緩慢，幾乎跟人步行的速度沒有兩樣。

漢密斯說：

「原來如此，這樣我就派不上用場了。」

「這樣就輕鬆多了！」

奇諾悠哉地坐在椅子上說道。

抵達符合她們所需的旅館，奇諾跟漢密斯先受到客套上的歡迎，接著就被帶到了房間。

房間雖然寬敞，但構造很奇妙。好幾件家具的高度都很低。無論是床鋪、衣櫥、洗臉台、書桌，高度都不會過膝。而浴室裡並沒有浴缸。

「本來打算四處逛逛的，我看今天就算了！」

於是奇諾吃過晚餐、沖過澡之後，就直接上床睡覺了。

隔天。

奇諾隨著黎明起床，天氣還不算差。

她做了點伸展運動，接下來準備要練說服者的，但後來才想起槍全寄放在城門那兒了。

逼不得已，她只能比平常多花點時間在格鬥訓練上。

吃完早餐沒多久，她便把漢密斯敲醒。

奇諾繼續一身輕便地推著漢密斯離開旅館。她身上只穿著夾克，大衣則捲起來綁在漢密斯的載貨架上。

走到街上，看到有幾個人在排隊。旁人說早上人潮較多，因此排隊等車是時有的事。

奇諾推著漢密斯加入排隊的行列。此時，前面一名年近三十的女子對奇諾說：

「早安，妳是旅行者嗎？」

「是的，早安。」

奇諾也向她道早安，結果女子略帶驚訝地指著奇諾的右腿說：

「請問那該不會是說服者的槍套吧？我常常在電影上看到。」

「啊……是的，一點也沒錯。只不過說服者全都寄放在城門的保險箱裡了。」

女子稍為拉下臉色說：

「想不到妳持有說服者啊？」

「沒錯。」

奇諾點點頭。女子的表情變得更嚴肅，然後緩緩地說：

「妳仔細聽我說，一般市民在這個國家，是全面禁止持有說服者的。」

「這我知道。」

「妳知道為什麼嗎？」

面對女子的反問，奇諾回答：

「不曉得耶，目前我還不甚瞭解貴國的歷史。」

但是女子一面搖頭一面斬釘截鐵地說：

「不，這跟歷史無關。那是因為說服者太危險了。」

奇諾看了一眼漢密斯，然後小聲地回答她：

「妳說危險？」

女子像在對學生訓話似地繼續說：

「沒錯，說服者的用途是射擊人類及其他生物。因此只要一持有說服者，人們就會想要開槍傷害他人。一旦大家都有說服者的話，就會想對別人開槍。搞不好明天各地就會發生使用說服者的犯罪行為呢。如果沒有說服者，絕對不會發生那種不幸的。就算原本感情融洽且開心過活的人們，只要一持有武器就會互相殘殺。——因此說服者非常危險。只要它存在，就會給人類的生活帶來危險。所以這國家的法律才會禁止這種東西的。說服者根本就不該存在！」

奇諾一面輕輕點頭一面聽她講這些話，然後說：

「但因為我正到處旅行，多多少少會遇到無法預料的狀況。那種時候，說服者就會派上用場了。」

女子依舊面色凝重地說：

「碰到那種時候，妳還是會使用說服者對吧？如果雙方手上都有說服者，鐵定會戰到你死我活為止。但如果妳沒有說服者，對方應該也不至於狠心殺妳吧？因為那麼做是非常殘忍的。而這個時候你們就有機會互相溝通，開始尋求和平的解決之道。」

「是嗎？」

奇諾含糊其詞地回答，但沒有聽出語意的女子繼續嚴肅地說：

「或許妳真的是偶然來到這個國家，不過這對妳來說算是個好機會。希望妳能學會這國家注重安全的偉大想法。那麼我先走了。」

望著搭車離去的女子，奇諾淡淡地說：

「我會試試看的。」

搭上車後，奇諾命令車輛開往這國家的中心地帶。此時車輛前方便出現「前往中心地帶」的字樣。

車行的速度還是很慢。即使到了沒有交通號誌的路口也會停下來，然後照先後次序通過。無論行駛在什麼地方，每輛車都會保持適當的距離。

「好慢哦——我都快睡著了。」

當漢密斯碎碎唸的時候，車輛突然停在路旁。然後說「請遵守乘車規矩」。

一名剛剛也在排隊的中年男子上了車。

「哎呀，真難得。妳是旅行者吧？早安。」

男子在奇諾的對面坐了下來。

「早安。」

「搭乘無人安全完全免費市民交通運輸系統的感覺如何？」

「很舒適、也很輕鬆呢！」

聽到奇諾這麼說，男子一臉滿意地點著頭說：

「對吧對吧？這是我國值得驕傲的東西之一。多虧有了它，大家才能在有效率又輕鬆安全的情況下抵達任何地方。對國土遼闊的我國來說，這是個不可或缺的交通工具呢！」

「你們無法自行駕駛這種車輛嗎？」

奇諾不經意地問道。結果男子竟然皺起了眉頭。

「駕駛？——妳剛剛說什麼？妳的意思是，要我們自己開車嗎？」

「是的，我猜應該有不少人希望能自己駕駛車輛吧？這樣就能隨心所欲地到任何想去的地方了。」

當奇諾這麼說，男子突然臉色大變。

「開車是很危險的！妳說讓人類開車……那可是非常危險的事耶！」

「是嗎？」

「是的，車輛這種物體能以高速奔馳。其動能有時候甚至還跟說服者的子彈不分上下。要是這種東西撞到了人，任誰都知道會有什麼樣的後果吧？」

「話是沒錯啦。」

「人非聖賢，孰能無過。想開車的人一定是那種自以為不會出事的傢伙。——當然啦，應該也沒有人想要出什麼差錯，我想開車也是。可是一旦允許人們開車，就絕對會有人發生意外。屆時人的生命或財產將受到傷害，甚至因此喪命。所以我國法律才會禁止普通市民開車。開車可是汽車剛發明的時代才有的野蠻行為。現在已經能靠自動系統把人安全地載往目的地了，何必自己開車呢……，真不曉得妳在想些什麼？啊，抱歉我說話太不禮貌了。可是人若是開車……」

車輛停了下來，男子從座位上站了起來。

「旅行者，請妳千萬不要有自己開車的念頭喲！」

男子特地大聲說完這句話才下車離去。此時一名年紀相當大的老人獨自上車，在奇諾對面坐了下來。

車輛一開動，老人就望著窗外自言自語起來。

「唉～開車啊……好懷念這句話哦。當我還很年輕的時候，我都是自己握著方向盤，腳踩油門來操縱車子的。可是當時社會上幾乎天天都會發生悲慘的車禍。像我叔叔也是在過馬路的時候被車子撞倒，隔天就回天乏術了，身後還留下年輕的妻子跟小孩。其他還發生過經驗不足的年輕人因為車速過快而過彎不及，結果撞上幼稚園孩童的路隊；或大型車輛的駕駛因為心不在焉而壓扁前方車輛等令人痛心的車禍。人類的確是會犯錯的動物，雖然有交通規則及交通號誌，訂下這些的人們卻都不去遵守，甚至還會蓄意犯規。光是這些行為，就足以讓周遭的人們置身於危險之中了。」

「原來如此。」

奇諾隨口附和道。

「車輛是殺人工具，是一種可怕的凶器。並不是人類操縱得來的。像現在這樣全靠機器操縱就能夠毫無危險地移動，才是它應該有的模樣。啊——這樣我也能夠多活幾年了。」

老人繼續眺望著遠方，自言自語地把話說完。

放眼望去，這國家中央全都並排著外觀相同的平房。街道相當井然有序。

「實在有夠無趣，好單調的建築物哦！」

漢密斯碎碎念道。

「不然到其他地方走走吧？」

當奇諾這麼說著，正準備開始推動漢密斯的時候，

「喂！前面的等一下！」

後面突然傳來一陣喊叫聲，是一個女人高亢的嗓音。

奇諾回過頭去，看到一名身材魁梧的中年婦人正朝奇諾她們跑來。而且速度很快，不一會兒就在她們面前停了下來。

「我還以為會被撞倒呢。」

漢密斯小聲唸道。

「妳該不會騎著它四處旅行吧？」

嗓音依舊高亢的婦人指著漢密斯問。

「是的，可是這裡並不能發動引——」

「當然不行！怎麼能做這麼危險的事！」

奇諾的發言被婦人的聲音蓋過。

「我——」

「摩托車是很危險的！聽到沒？妳仔細想想，像這樣以人包鐵的狀態飛快騎車，要是不小心摔倒的話怎麼辦？而且妳身上都沒有任何保護身體的裝備耶！」

「那是——」

「妳聽我說！生命是很重要的！很珍貴的！所以請妳不要再騎摩托車了！要是發生意外的話，

可是會造成無法挽回的下場的。沒必要為了騎摩托車而讓自己年輕的生命受到威脅吧？現在停止做這種事還來得及，不要再騎摩托車了，知道嗎？要是出事的話，妳父母一定會很傷心的！」

「喔——可是我的——」

「懂了就好！要多替自己的安全著想！要在這個國家多學習學習！我走了！」

婦女再次以飛快的速度乘上剛剛駛來的車輛離去。

過了許久，漢密斯才說：

「這個國家搞不好比我想像中的還要無趣呢！」

奇諾點點頭，然後說：

「接下來到商店逛逛吧！」

於是奇諾跟漢密斯便乘著車來到了商店街。

大型建築物的正中央闢有一條道路，兩旁則排列了許多商店。奇諾推著漢密斯走在道路上。

奇諾隨便找到一家五金行，便走了進去。店內空間寬敞，低矮的貨物架上擺著鍋子。她對著正坐在地上工作的三十幾歲店員打了聲招呼。

「歡迎光臨！哎呀，旅行者！請問需要什麼嗎？」

「你好，我正在找適合的刀子。我要刀刃長度超過手掌以上，兩側都很鋒利的。不曉得你們有沒有這樣的刀子呢？」

店員發出「啊？」的聲音，然後說：

「妳在說什麼啊？啊，想必妳可能不曉得吧？這個國家是全面禁止使用刀械的喲！」

「咦？找不到嗎？完全沒有？其他店呢？」

漢密斯故意詢問。

「當然沒有。法律明訂一般市民禁止持有刀械。」

「為什麼呢？」

奇諾詢問店員，他馬上回答說：

「難道妳不覺得刀械很危險嗎？」

「會嗎？」

「當然會！刀械是用來傷人的道具耶！因此想持有刀械的，都是不知道生命有多可貴的人，可

說是準殺人犯，絕不能讓那種人持有刀械。會讓普通市民使用刀械的社會，一定不是什麼正常的社會。每當我想起這國家優秀的刀械限制法，就會被它的偉大之處……，感動到熱淚盈眶！」

店員眼睛濕潤地讚揚道，奇諾則問：

「可是要削鉛筆的時候怎麼辦？」

「有削鉛筆機啊！」

店員立刻回答。奇諾再問：

「如果想用刀械做什麼的時候呢？呃……譬如說煮菜的時候。」

「每個地方都有販賣已經切好的材料或食材喲！畢竟這裡不是鄉下地方，有經過完整訓練的專家。譬如說肉販、魚販等等。縱使刀械是他們不可或缺的生財器具，在工作時間以外的時候，他們也是不能使用刀械的，必須放進保險箱裡妥善保管。至於普通民眾隨身攜帶刀械什麼的……光是想像都覺得可怕。如果——」

奇諾跟漢密斯都安靜地等店員說下一句話。

「——如果真有這樣一個國家，一定是神出鬼沒的刺殺事件頻傳。原本想追求人生的人變得自暴自棄，某一天，就突然在附近的商店買了把菜刀，兩手握著刀站在一向平靜安全的路上，對著不相干的行人見一個砍一個，濫殺無辜！……哎呀、光是想像就覺得恐怖了。這種國家不能住呢！哎呀！恐怖喔……，恐怖喔……，實在恐怖喔……」

「原來如此，我明白了。不好意思，先告辭了。」

「謝謝囉！」

奇諾跟漢密斯背對著抱頭苦惱的店員，轉身走出商店。

他們走在沒什麼人潮的商店街。過了一會兒，奇諾唸唸有詞地說：

「真不曉得該說什麼好。」

漢密斯正經八百地對十分感嘆的奇諾說：

「其實他們的想法也不難瞭解啦。像以前不也有個持菜刀的瘋狂傢伙想殺了妳？——就是所謂的『妖魔持刀，不合時宜』。」

「……你是說『瘋子持刀，份外危險』？」

「對，就是那個！」

漢密斯說完後便沉默了下來。

不一會兒又打起精神問：

「接下來怎麼辦？」

「……我看只要買真正需要的物品就好了。」

奇諾一面環顧四周一面說道。

「奇諾，妳不是說包包的皮帶脫落了嗎？」

「嗯，沒錯。那就要買強力膠囉！」

奇諾向路人詢問哪裡有雜貨店。

她走進棚架同樣很低的店裡，此時一名看似老闆的中年男子過來招呼她們。

「兩位好。啊，妳是旅行者對吧？歡迎來到我國，也歡迎大駕光臨本店。請問妳想買什麼？」

「你好，請問有三秒膠或類似的物品嗎？」

老闆起初有些驚訝，可是又馬上若無其事地說：

「沒有耶，怎麼可能有呢？」

「沒有嗎？」

聽到漢密斯這麼說，老闆伸出食指說：

「看來我就趁這個機會告訴妳吧。呃——咳咳！我國法律嚴明訂定，普通市民不得持有或使用三秒膠。」

「…………呃——那是為什麼呢？」

奇諾提出疑問，在旁的漢密斯小聲地說「妳明知道為什麼呢」。

「當然是因為三秒膠太危險了。要是它黏住指頭拔不開要怎麼辦？要是噴進眼睛？或小孩不小心喝下去呢？那都會造成無法挽救的後果的！因此法律必須管制對市民生活造成危險的物品。所以如果妳想修理什麼東西的話，請使用這種膠水吧。」

老闆拿出裝在色彩鮮艷的軟管裡的膠水給奇諾，奇諾看了好一會兒才問：

「請問這個要多久才會乾？」

「很快，只要半天。」

「…………」

奇諾把膠水放回低矮的桌上說：

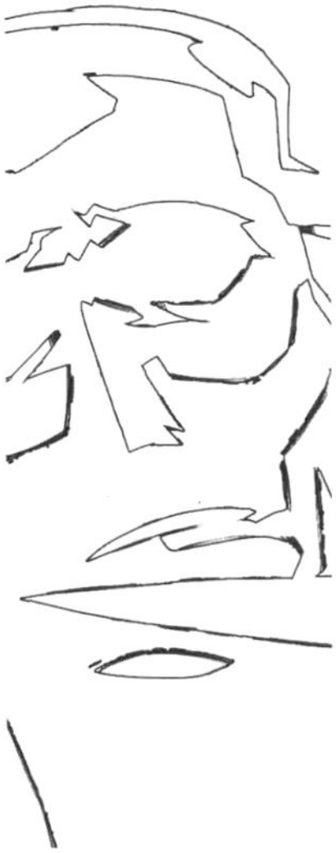

「不好意思，我不需要膠水了。請問有能夠縫皮製品的堅韌絲線跟大針孔的針嗎？」

聽到奇諾的詢問，老闆說：

「線是有，不過只有細的。順便跟妳講一下，拉力超過十歲以上的線是禁止販賣的。」

「『拉力超過十歲以上』？什麼意思啊？」

奇諾如此問道，老闆解釋：

「是指在上面加諸這國家標準十歲孩童的重量之後，三秒以內不會斷掉的韌性。」

「為什麼會禁止販賣呢？」

漢密斯問道。

「那還用說嗎？是為了防止上吊自殺跟勒死別人啊！畢竟強韌的繩索也是凶器呢！」

「…………」「這就是為什麼繩索不能攜帶入境的原因啊……」

奇諾沉默不語，漢密斯小聲地說道。

「絲線就放在那邊黃色的架子上，不過沒有針喲。法律禁止一般市民持有針。」

奇諾點著頭說：

「是覺得被刺到很危險吧？況且斷掉的針頭還有順著血管流到肺部的危險性。」

「一點也沒錯，原來妳也知道啊？法律全面禁止一般市民持有普通的針及前端尖銳的類似物品。譬如說圓規、原子筆跟鋼筆之類。鉛筆筆尖的角度若在一百二十度以內也算違法。」

「…………」

「不過還是有只能靠業者用縫紉的方式縫合或拆除的東西，那種用途的針還是有的，只要持有縫紉許可證及登記現居住地址的身分證就能買到。不過因為還要調查有無犯罪前科，因此要兩個禮拜之後才能收到商品。接著還要拿著它到警政署登記縫紉針的製造型號。」

「天哪——真麻煩！」

漢密斯滿心不悅地說道。

「那麼做也是為了確保大家的安全啊！」

老闆十分得意地說道。奇諾問：

「縫紉要經過許可啊？」

「是的，基本上每個人都能夠取得縫紉許可。為了證明自己能夠毫無問題地使用縫紉機，需要備齊醫生診斷書，及沒有犯罪前科的證明。然後送到最近的警察局提出申請。再來要接受筆試，

通過之後就要參加實際操作縫紉機的講習及測驗。合格之後就能夠先領到購買縫紉機的許可證，屆時就能拿著它向店家購買。買了縫紉機之後，還要帶著它到警察局做縫紉機本體的登記手續。這時候個人家裡就需要兩副保管用的保險箱及鑰匙。保險箱沒有確實固定在家中某處是不行的。如果有家人的話，還得具備全體的診斷書及同意書。縫紉機順利安裝在家裡之後，這下終於可以使用了。如此一來就能夠製作抹布、裙子、兒童服及任何你想做的東西。然後警察每年都會來檢查一次是否有把縫紉針拆下來改造，通過的話就會重新做登錄。我這裡有幾本縫紉考試用參考書，需要嗎？」

老闆一口氣說完，然後從腳底下拿出厚厚一本像百科全書的書籍。

奇諾「呼——」地嘆了一口長長的氣，然後說：

「不必了……抱歉打擾了。」

吃過午餐後，奇諾來到位於湖濱的公園。此時日正當中，湖水被照得清徹見底。遠遠還看得見水平線上飄著幾縷白雲。

奇諾把漢密斯停放在草坪上，自己正準備坐下來的時候，

「嗨，旅行者！」

後面傳來一聲叫喚。奇諾回頭一看，是一名正在散步的男子。他年約三十歲左右，戴著一副眼鏡，還穿著研究員般的白色衣服。

「你好，這湖好美哦。」

聽到奇諾這麼說，男子開心地笑著說：

「很美吧？聽說是我們祖先很喜歡這個景色，才特地選擇在這裡定居的。到了盛夏，整個沙灘都會擠滿觀光客呢。」

「是嗎？那這裡一到夏天就能游泳囉？」

奇諾開心地問道。男子卻在同時拉下臉來。他走近奇諾兩步，以跟剛才截然不同的語氣說：

「怎麼可能游泳，法律是禁止游泳的！」

「禁止？」

「沒錯，想必妳一定不知道水的可怕吧。妳知道嗎，就算水深只及人類小腿，也可能淹死人的！」

「可是游泳很好玩耶！」

奇諾說道，男子「呼——」地大大嘆了口氣，以手指抵著頭並輕輕搖頭。

「好玩……沒有證據能夠證明剎那間的快樂，不會終止悲劇性的死亡的！妳太低估水上意外的可怕了。總之這國家是全面禁止一般市民游泳的，不管河邊或湖邊都一樣。等妳稍微學聰明、瞭解人生之後，或許就不會有那種念頭了。如果妳真的想游泳也沒關係，我不會阻止他人自殺的。」

「喔……」

奇諾再次含糊其詞地回答之後，

「啊！——難不成浴缸也是因為相同的理由而禁止使用？」

「沒錯，如果是嬰幼兒用的規格，倒是能夠特例允許使用。否則除此之外的浴缸類及類似的蓄水裝置都全面禁止。因為經常會引發孩童或老人溺斃的危險。聽說有些國家的家庭都備有那類危險的物品，不過那國家的人如果來了這裡，一定會瞭解自己的文化有多不成熟。我們非常希望他們能在這裡學習什麼才叫真正的先進國家。」

「這樣子啊……」

「是的。所以旅行者妳真的很幸運，等妳回到自己的國家，務必宣傳我國的優點。把妳在這兒的所見所聞，毫不保留地告訴大家。想必他們一定會很訝異的。不過摩托車真的很危險，勸妳最好不要騎乘。那麼我告辭了。」

男子離去之後，漢密斯問：

「怎麼辦？要回旅館嗎？」

「其實在這裡睡個午覺也不錯呢。」

「妳不覺得有點冷嗎？這樣會感冒喲！」

「對喔……那睡午覺也很危險呢。」

在旅館大廳裡，排列著低矮棚架及低矮的沙發。

架子上固定著圓形的魚缸。上面的部分呈縐摺樣，外觀看起來很像一朵鬱金香。

魚缸裡游著幾條金魚。是紅白相間，眼睛外凸的品種。

奇諾蹲下來看的時候，經過的旅館服務生過來跟她說話。

「很可愛吧？這是本旅館最自豪的寵物。目前我國非常流行養金魚呢。」

然後指著眼睛外凸的魚說：

「尤其這個品種越來越少了，讓專門培育的人賺了不少錢呢。」

「是嗎？那除此之外還有什麼寵物呢？譬如說狗呢？」

奇諾問道。服務生略為驚訝之後，馬上恢復冷靜的語氣說：

「沒有狗。我國法律禁止普通市民飼養狗。」

「禁止？」

奇諾一面站起來，一面問道。

「是的。畢竟被牠那可怕的牙齒咬到還得了？人類是很容易受重傷的，甚至一個不小心還會沒命呢。我實在無法想像世上有地方沒禁止飼養狗這種危險的動物。就常識來看，寵物也並不是絕不會危害人類的生物。」

「這樣的話，有哪些是法律承認的寵物呢？」

服務生說了一句「這個嘛……」之後，

「金魚、成魚不超過二十公分的小型魚類及海洋浮游生物，——這妳知道嗎？還有就是淡水水母類了，每一種都很可愛喲！」

「其他呢？譬如說鯉魚呢？」

「鯉魚？鯉魚很危險耶！光是要養它們就得特地建造相當規模的水池。小朋友要是摔下去還得了？」

「那貓呢？」

漢密斯問道。

「貓當然不行，要是被牠的爪子抓傷，感染破傷風怎麼辦？」

「小鳥呢？」

奇諾問道。

「三年前還可以飼養，但是自從得知鳥類羽毛上的塵埃對人類氣管不好之後，已經被全面管制了。政府還要求原本飼養的人把鳥類都繳交出來呢。」

「烏龜呢？」

漢密斯問道。

「咬合力若超過〇．五鉛筆就不行，譬如說鱉之類。」

「『〇・五鉛筆』是什麼意思？」

「是咬合力的單位。一分鐘之內折斷一支鉛筆的力量就算一鉛筆。換句話說，如果是三十秒以內就能折斷鉛筆的力道就不行了。」

「好嚴格哦。」

聽到漢密斯這麼說，服務生得意地挺起胸膛，並且笑嘻嘻地說：

「這都是為了讓人們過安全的生活啊！」

這時候奇諾叫住正準備離去的服務生。

「我想再請教你一件事，為什麼每個地方的棚架都這麼低呢？」

「因為將物品擺放在高處，一旦掉落下來是很危險的。步步危機……這國家最大的高度限制是有步行能力的嬰孩的平均身高值，法律嚴禁高於這個的高度。這也是為了保持屋內空間的寬敞。多虧這項法律，完全沒有人被掉落的物品砸死。這也是國家保障人民安全的一大德政。對了！」

服務生指著大廳角落的一個低矮書架。上面擺著滿滿的厚重書籍，算算大約有五十本左右。

「擺在那兒的是今年度最新版的六法全書。請務必閱讀看看，或許能提供貴國一些參考呢！值得一提的是，妳大可以把它帶走也沒關係！」

隔天。

奇諾還是一樣隨著黎明起床，然後做了點伸展運動。

她很早就吃完早餐，並且把漢密斯敲醒。接著趁早上人潮還不很多的時候出發。她們搭乘沒什麼乘客的車輛抵達了西城門。

城牆外側的窗口，有一名二十歲左右的年輕審查官。他一看到奇諾，便馬上把保險箱搬上台車。

「就是這個吧?·感謝妳的配合。」

奇諾先把小東西放進包包裡。再將數把刀子一一放回原來的位置。審查官一臉稀奇地看著她的舉動。

奇諾把分解的說服者拿出來，不一會兒就全組合好。審查官並沒有逃離現場，反倒一直注視著她的一舉一動。

奇諾把「卡農」與「森之人」放回槍套，然後輕輕跳了好幾次來確定它們的重量。

「這下我就覺得踏實多了，好像被砍掉的手臂又接回來似的。」

奇諾說道。

原本一直沉默不語的審查官，此時對奇諾開口說話：

「旅行者，可以耽誤妳一點時間嗎？我想跟妳聊聊——有一些事想請教妳。」

「什麼事呢？」

奇諾回過頭問他。年輕的審查官猶豫了一下說：

「其實我們國家還沒有人說過類似的話……。只是我從事這個工作，常常有機會跟你們這些旅行者聊。所以跟妳講這些話應該無所謂……，對於這國家人民的想法，也就是覺得哪些事物有危險，就利用法律來做限制的行為，我越來越覺得好像有哪裡不對勁耶……」

「這話是什麼意思？」

奇諾問道。審查官慎重地緩緩說道：

「……那個……無論是摩托車、刀械、說服者、汽車、三秒膠等等，都不過是『物品』而已……。該怎麼說好呢？我覺得應該是端看使用者……也就是我們人類如何使用，來取決它們危不危險才對。」

「請繼續說。」

奇諾說道，審查官凝視著她繼續說：

「換句話說，我覺得真正危險的應該是人類。正確說來應該是人類的想法。就算物品真有危險並且傷害到人。那也不是物品自行移動去攻擊人類，而是某人為了傷人而使用它們，或因為知識及經驗不足導致的誤用，才會傷害到自己或他人。我覺得世上並沒有什麼『危險物品』，應該只有『危險人物』吧？如果讓人們學習正確的使用方式，或使用時應注意的原理及規則，會不會比較好呢？不要因為它們危險就不讓人們持有，應該好好教育大家認識物品的危險性是在於個人的使用方法。我們應該努力增加這類的人。等那種人能夠把那些物品運用自如，不僅能帶來更多便利，也能讓大家更樂於使用。換句話說，人生也可能因此更豐富快樂。當然危險性是無所不在的。不過把我剛剛說的可能性放在天秤上判斷的話，可能性應該會勝出許多才是。」

說完，審查官還東張西望地確認一下周遭有沒有其他人。然後還用相當小的聲音詢問奇諾。

「對了旅行者，妳擁有摩托車、刀械及說服者，也都有在使用。所以我想請教妳一件事……我這種想法有沒有錯啊？全國就只有我有這種想法，我是不是腦筋有問題？我希望妳能老實回答我。我總覺得妳應該能告訴我答案的。」

然後，

奇諾把眼神從非常正經八百，而且愁眉苦臉的審查官臉上移開，接著稍微想了一下。

「我老實回答你吧，我的答案是『沒錯』——我覺得你的腦袋秀逗了。」

奇諾如此說道。審查官訝異地瞪大眼睛，然後結結巴巴的說：

「啊……不是啦，可是……」

奇諾繼續說：

「這國家的人們的確有考慮到如何過真正安全的生活。為了達到那個目的，也訂定了形形色色偉大的法律。」

「咦？呃……」

「因此大家都能過著安全的生活，然後獲得幸福。你現在覺得這國家的人們在悲嘆生活不便及不幸福嗎？」

「……………」

「其實可以的話，我也希望過著安全的生活。所以我覺得這個國家真的很棒。因此覺得懷疑這種國家有問題的你，才真正有問題呢。你沒有跟任何人提起這件事果然是正確的。」

「…………是、是嗎……？」

「是的，所以你對自己國家的做法要更有信心，並且抬頭挺胸地在這個國家活下去。」

看著言詞堅定的奇諾，

「這樣啊……」

審查官嘆了口氣並小聲地喃喃自語。

「那麼我們告辭了。」

奇諾發動漢密斯的引擎，轟隆隆的響聲在城牆迴盪。

「啊，謝謝妳……路上小心哦……」

審查官說道。

「『你也是』！」

奇諾說道。她面向前方戴上防風眼鏡，然後就騎著漢密斯離開。

審查官直愣愣地望著離去的摩托車並說：

「…………原來如此。」

「好久沒感覺這麼舒服了呢！」

奇諾邊騎邊說。

奇諾跟漢密斯以相當快的速度在湖濱道路上奔馳。她們的右側是一整片樹林，左側是反射著耀眼陽光且延伸到水平線的湖面。

「我也有同感，摩托車果然要靠自己的引擎跑。如果只是一味靠其他交通工具移動，根本就失去它的意義。」

漢密斯也開心地說道。奇諾在過彎的時候還故意讓後輪打滑，碎石子還朝外側彈了出去。

「我說奇諾呀。」

漢密斯問道。

「嗯？」

「那名審查官不是說出他個人的想法嗎？那簡直跟師父告訴我們的一模一樣耶。」

此時奇諾防風眼鏡下的眼神變得很柔和。

「是啊，聽他那麼說，還讓人有些懷念呢！」

「什麼嘛，妳果然是故意那麼說的？可是為什麼呢？」

面對漢密斯的質問，

「那是為了他的安全。」

奇諾如此回答。

「既然他的國家會排除危險物品，當然連危險人物也不會放過。」

「對喔，看來要在人群裡安全生存也很不容易呢！」

奇諾握下剎車，減緩漢密斯的速度。

「沒錯。」

說完便閃過滾落在路中央的大石塊。

然後又加速行駛。

第七話
「旅行途中」
—*Intermission*—

第七話「旅行途中」

—Intermission—

這裡有一座森林。

平坦的地面上是一片寬廣蒼鬱的森林。那裡混雜著相當於成人高度的針葉樹，以及一到冬天就會凋落的闊葉樹，同時還有各種綠色植物叢生其中。日光照射不到的地面，則長了一層薄薄的青苔。

森林裡有一條幾近筆直的道路。那是一條泥土路，處處殘留著水窪的痕跡，路面也是坑坑洞洞的。有時候粗壯的樹根還橫亙在路中擋路。

路況好差哦，奔馳的摩托車說道。他後輪兩旁的箱子上面載放著大包包、捲起來的睡袋跟大衣。那是一輛載了許多行李的摩托車。

不過這是捷徑啊，摩托車上的騎士說道。她身穿黑色夾克，頭戴帽子跟防風眼鏡，是個年約十五、六歲的年輕人。腰際以皮帶束緊的夾克前襟，為了讓初夏的涼風吹進裡頭而大大敞開。夾克裡則穿著一件白襯衫。

騎士的右腿懸掛著掌中說服者的槍套，裡面放了一把大口徑的左輪槍。她的背後也有一挺小型的自動手槍。

行駛在林間道路的摩托車，速度不敢過快，不時需閃避或越過路上隨處可見的障礙物。這條路相當筆直，往其行進的方向看過去，活像森林的樹木很心不甘情不願地讓路一般。

強風吹過，森林裡的樹木隨風晃動。飛舞的樹葉飄落在摩托車的油箱跟騎士的頭上，隨後又被風吹走。

騎士透過枝葉的縫隙仰望天空，只見小塊的烏雲層層堆積著，同時強風大作。

當風勢越來越強的時候，搞不好會下雨哦，摩托車說道。真不希望被淋濕呢，騎士如此回道。然後又補了一句：等一下看到大樹就停下來，可能要花點時間撿柴火。此時摩托車的速度又減緩了。

當風再次沙沙吹過森林的時候。奇諾，前面有建築物喲，摩托車以訝異的語氣說道。名叫奇

諾的騎士便把摩托車剎住。

建築物？你是指住家嗎，漢密斯？奇諾詢問漢密斯。總之就是像學校或鄉公所的建築物，名叫漢密斯的摩托車回道。

奇諾左顧右盼，觸目所及都是樹木，便問漢密斯建築物在哪裡。漢密斯告訴她：從這裡往右邊的森林看過去，就在進去一點點的地方。還說：那裡的路面平坦，摩托車可以行駛。

感覺有人居住嗎？奇諾問道。完全感覺不到有人，漢密斯回道。

於是奇諾選擇前往平坦的場所，便騎著漢密斯進入森林裡。

建築物就在森林裡的樹蔭底下。

那是用磚瓦跟石頭建造的建築物，橫幅很寬，有兩層樓高，看起來像是一所小型學校。左右還有相對稱的正方形大石頭堆成的平台。中央有個寬敞的玄關，門早已腐朽脫落了，上面有一個很像是鐘塔的突出處。左右還排列著兩三間寬敞的房間。

建築物已是破舊不堪。斜斜的屋頂原本應該是紅色的，不過已經十分斑駁了，只剩落在上面的葉子腐爛後留下的棕色或黑色斑點。有點髒的綠色外牆爬滿了藤蔓，幾乎把整棟建築物完全覆蓋住。窗戶的玻璃全都沒有了，只留下空盪盪的四角形黑洞。

建築物旁邊長滿了像是團團圍住好阻止它逃走的高大樹木，部分樹根還把地基刨出來，並且有些崩裂的跡象。

奇諾跟漢密斯來到了建築物前。

這房子還真是夠破舊的，漢密斯說道。奇諾從漢密斯身上跨下，小心翼翼地把他用腳架立在地面。

裡面有什麼？奇諾問道。有幾隻蜥蜴跟不少蟲子，漢密斯回道。

在強風不斷的吹襲下，奇諾從張著黑色大口的玄關走進去。過了一會兒便走出來。

漢密斯詢問裡面的狀況，奇諾則回答鋪著地磚的地板還很牢固，屋頂沒有任何地方塌陷。

這正好，今天就在這裡睡覺吧，奇諾說道。漢密斯則回答：看來可以躲雨了。

從奇諾跟漢密斯現在所處的位置，往森林更深處走去，有一處完全為樹木所淹沒、腐朽崩塌的木造房屋群，以等距的方式井然有序地排列了幾百幾千棟，數量多到看不到盡頭。但從奇諾她

「旅行途中」
—Intermission—

們所處的位置是看不到的。

奇諾發動漢密斯的引擎，直接穿過玄關。她將大燈打開，以白色燈光照亮漆黑的走廊。裡面充斥著潮濕且不流通的空氣，以及近似森林泥土的霉味。

走廊往左右兩側延伸，往右轉之後，伴著引擎聲，她們在昏暗的走廊上緩緩行進著。牆壁又黑又髒，壁紙處處剝落。大燈還照出已經四分五裂的小櫥櫃的黑影。

奇諾的目標是找一間漢密斯可以進去的房間。結果，就在建築物右邊角落有個房間，之前可能是教室，但現在裡頭空無一物。微風從沒有窗框的窗戶輕輕襲來，將地磚上的落葉吹得微微抖動。

奇諾把漢密斯停在房間入口不遠處，然後便關上引擎，迴響的引擎聲嘎然而止，整個房間飄盪著讓人喘不過氣的寂靜。

在咯吱的金屬摩擦聲中，奇諾用腳架把漢密斯立了起來。

然後，

「這裡讓我借用一晚喲！」

她對著空無一人的房間如此說道。

一群藍色的人正在觀察著奇諾跟漢密斯。

他們看起來像一團模糊的藍光，又像一團藍色的霧。但是從形狀大小來看，的確是人類沒錯。而且就人的五官來說，他們只有兩隻眼睛，沒有鼻子也沒有嘴巴。他們就用那對眼睛一直盯著奇諾她們看。

房間裡大約有十個人。有的個子很高，有的像孩童那麼矮。他們圍在旁邊看著奇諾她們的一舉一動。

那首先要打掃囉，漢密斯說道。沒錯，奇諾同意地說。奇諾用腳摩擦地板查看髒污的情況。當她走到房間的正中央，原本站在那兒的藍色人群全都默默地往後退。

先把葉子掃掉。我去拿樹枝代替掃帚，你先在這兒等我一下。

奇諾說著，便把帽子跟防風眼鏡擺在漢密斯上面，然後走出房間。

藍色的人群把昏暗的走廊擠得水洩不通，然後一起凝視著走出來的奇諾。奇諾朝走廊盡頭另

一處沒有大門的出口走去，藍色人群紛紛把路讓開，然後一聲不響地跟在從面前走過的奇諾身後。

奇諾走出外面之後，藍色人群就停在出口內側，繼續盯著她看。

奇諾折下一根附有葉子的樹枝，然後夾在左手腋下走回去。

回到房間後，奇諾說：那麼，就開始打掃吧。之後，便拿著樹枝開始掃地上的樹葉。藍色人群雖然盯著她的一舉一動，但也很識相地讓路不妨礙她打掃。

奇諾把樹葉集中起來之後，便在上頭擺上樹枝以防它們再次散落。然後就從漢密斯後輪旁的箱子裡拿出平常用繩索拉開來擋雨用的防水布，把它鋪在比剛才乾淨多了的地磚上。然後在遠離窗戶的房間角落找到適合放置行李和睡覺的地方，她把睡袋跟大包包放在那裡。而藍色人群還是盯著奇諾看。

完成了，這比露宿野外要好多了。奇諾說道，漢密斯也有同感。

再來只剩下收集柴火了。奇諾如此說道，從其中一個箱子裡取出布袋拿在左手上，接著就走進了森林裡。

奇諾回到房間，藍色人群的視線全注視著她。布袋裡裝滿了乾樹枝跟葉子。奇諾解開腰際的皮帶，把黑色夾克脫掉。

「這地方還真危險呢，」漢密斯說道，奇諾也點頭贊同。幾乎就在同一時間，雲層越來越厚重的天空終於滴滴答答地下起雨來，很快便轉為大雨。一直盯著奇諾她們看的藍色人群，有幾個轉頭看著窗外的狀況。

雨慢慢地下著，雨聲卻毫不間斷，把森林跟建築物都打濕了。有時候還有些許雨滴從窗外噴進來。

奇諾在房間正中央的地磚上鋪了一層乾葉子，再擺上細樹枝，最後才排上粗樹枝。藍色人群目不轉睛地看著奇諾的舉動。

奇諾從皮帶上的包包拿出火柴盒，再取出一根防水火柴。小心翼翼摩擦之後再等待火柴棒點燃，不一會兒就冒出了火。她依序點燃枯葉、細樹枝，不久就升起了火。

於是房間的正中央生起了一堆小小的篝火。剛開始流竄在室內的白煙，逐漸往窗外飄去，不久就靜靜被外面的空氣吸走。

奇諾從箱子裡拿出兩根腳長長的ㄈ字型細鐵條，然後加以組合。再把組合好的火盆腳架擺在

「旅行途中」
—Intermission—

篝火上，並擺上裝了水壺水的銀色杯子。

奇諾面向著火坐在防水布的邊緣。她坐了下來，兩腿往前伸直。

時間可能有點早，不過還是先吃飯吧，奇諾說道。接著從後面的大包包裡拿出用紙張包著、長得像長方形黏土的攜帶糧食，結果奇諾卻連開也沒開便直接放回大包包裡，反倒說今天就吃這個吧，並拿出一個罐頭。

那是個又大又扁的罐頭，上頭快要剝落的紙標還畫著一頭牛。

奇諾從包包裡拿出瑞士刀，拉出開罐器。她迅速地打開罐頭，蓋子一端還連在上面。而藍色人群在奇諾的背後像在偷窺似地看著罐頭的內容物。裡面是一塊煮熟的薄肉片，上面還灑了許多蒜泥。

杯子裡的水很快就燒開了，於是奇諾在右手戴上厚手套並走近火堆，很快地把杯子跟罐頭做了交換。她還調整了一下燃燒的樹枝位置，好讓加熱肉片用的火不要燒得太猛烈。

接著她從漢密斯後輪旁的箱子拿出像便當盒的方形罐子。並慢慢打開密合度極高的蓋子，擺在防水布上面。罐子裡隔成兩半，一半塞滿了紙茶包，另一半則放了幾顆方糖。

奇諾左手拿起一個茶包，然後注入熱開水。茶的顏色很快就滲了出來。接著她丟了一顆方糖進去。

窗外一面發出像撕裂布般的微弱聲音，一面繼續下著雨。淡淡的水霧讓森林的輪廓變得模糊不清。

幸好有屋頂呢，漢密斯說道，奇諾也表示贊同。然後又在團團圍住的藍色人群注視下慢慢啜了口茶。

肉片發出咕嚕咕嚕的聲音時，奇諾再次調整了火勢。喝了幾口茶之後。準備吃飯吧，她開心地說道。這次她把手套戴在左手上。然後抓著蓋子把罐頭從火盆腳架上拿起來。

奇諾從包包裡拿出一支小小的折疊湯匙。湯匙前端有裂開一點缺口，她利用它來插肉。奇諾在藍色人群的注視下把肉送進嘴裡——然後說，好燙。

我就知道。漢密斯說道。

漢密斯停在那個房間裡，上面蓋著防水布，奇諾坐在那上面悠閒地喝著第二杯茶。篝火微微地燒著，旁邊散落著空罐頭。窗外的雨還在下。

房間裡有一群藍色的人。這群像影子又像霧的藍色人群，目不轉睛地看著奇諾跟漢密斯開心地聊著明天的計劃。

傍晚過後，下著雨的森林變得越來越暗。

奇諾從解開的皮帶上的槍套拔出那把叫做「卡農」的四四口徑左輪槍。當閃著黑色光芒的說服者出現的那一瞬間，藍色人群嚇得渾身發抖，而且眼睛瞪得老大。

奇諾用姆指扳下擊鐵。當「卡嚓」的聲音響起的同時，藍色人群又嚇得渾身發抖。後來每當奇諾為了確認零件是否正常而發出任何聲響，就看到那群藍色的人隨即抖了一下。

奇諾拿著「卡農」，然後把捲著睡袋的繩子解開。她拉開旁邊的拉鍊，並在鋪好的防水布上攤開睡袋。原本在那兒的藍色人群則一聲不響地閃開。

奇諾確認好牆邊的睡處，便走近搖曳著微弱火焰的火堆。當燃燒的樹枝整個塌下來時，火就馬上滅了。

房間終於暗了下來。只有窗戶還浮現著灰色的四方形屋外景色。

奇諾挪到睡袋上面，躺平後將睡袋反摺蓋著身體，並露出靴子，再把用來蓋頭的頭罩捲起來當枕頭。只露出拿著「卡農」的右手。

妳這樣睡不冷？漢密斯問道。雖然在下雨，不過氣溫應該不會再降低了。奇諾躺著回答道。

明天見。奇諾說完就閉上眼睛，不一會兒就睡著了。

藍色人群就算在黑暗裡也一如原樣，他們就一直站在房間裡，一直盯著奇諾跟漢密斯看。

雨在半夜停了，高空的風把烏雲吹散。

不久森林上空出現一片閃閃發亮的繁星。

但是沒有人看到這幅景象。

降臨森林的黎明來臨，空氣再度充滿濕氣。

在睡袋裡的奇諾睜開眼睛。

微微的晨曦透過窗戶照進屋內。景色跟昨晚比起來沒什麼變化。

在藍色人群的注視下，奇諾起身後站了起來，拿著「卡農」伸了個懶腰。接著穿上夾克，繫

「旅行途中」
—Intermission—

好皮帶。

她走向窗戶，藍色人群紛紛讓出路。窗外瀰漫著朝霧，隱約可見四棵以上的樹，還聽得到鳥兒的叫聲。

奇諾走出了建築物。她在暫住的房間前面那片潮濕的土地上做了點輕鬆的暖身操，然後就用上了膛的「卡農」做拔槍的練習。臉孔重疊在一塊的藍色人群透過窗戶，目不轉睛的注視著她的一舉一動。

奇諾回到房間，坐在防水布上面。

天空跟房間都很明亮。在藍色人群的注視下，奇諾分解「卡農」並加以清潔，再把它組合好。連她腰際後面另一把稱之為「森之人」的自動式也一併做了簡單保養。

奇諾在燒過的火堆上再次擺上樹枝點火，依例煮了茶，不過這次她吃了攜帶糧食。

好了。奇諾說完就開始整理東西。她讓火盆腳架冷卻，稍微洗刷了一下杯子。然後用濕布擦擦臉，把襯衫的領子翻出來。

就在她捲好睡袋綁在包包上的時候，太陽露出了臉。森林裡的樹木沐浴在陽光下，光線從枝葉的縫隙間撒了下來。

奇諾一如往常把漢密斯敲醒。

啊～早安。漢密斯說道。奇諾告訴他今天天氣不錯。漢密斯又說：可是路應該還是濕的吧？

奇諾說，我們要趕快找到河川，我想沖個澡、洗個衣服。

當所有的行李全疊上去、篝火完全踢散、並將空罐埋在落葉下面之後，奇諾再次回頭看著藍色人群排排站著的房間。

奇諾說了句：沒東西留下了。便把防風眼鏡掛上脖子，並戴上了帽子。

她跨上漢密斯，踩下發動桿，一下子就發動了引擎。暖車的這段時間，整個房間迴盪著引擎聲，有時還透過窗戶傳到森林裡。

藍色人群一直盯著奇諾跟漢密斯看。不久奇諾跨上漢密斯，然後將身體往前傾，收起腳架。漢密斯在房間中央前進了一點點，藍色人群紛紛退開。

奇諾讓漢密斯呈傾斜狀態，再用左腳當支點用力催油門。空轉的後輪原地轉了一圈，改變了漢密斯的方向。她們直接行駛在走廊上，而藍色人群則在左右延伸的走廊上跟著跑，奇諾她們從

「旅行途中」
—Intermission—

建築物中央的玄關來到外頭，到了四周都是樹林的空地。

奇諾回頭看看建築物。只見窗戶、玄關都擠滿了藍色人群，個個都在盯著奇諾她們看。

好了，我們走吧。奇諾對漢密斯說，漢密斯也回答，走吧。

奇諾望著前方，然後又回頭望了一下。

「謝謝。」

她小聲地對著建築物如此說完，就將頭轉回前方，騎著漢密斯往前進。

望著在潮濕的地面漸漸離去的摩托車，藍色人群紛紛揮著手。

森林裡有一棟被樹木、雜草及藤蔓淹沒且快要腐朽的建築物。在明亮的晨曦照耀下，藍色人群從那建築物的所有窗戶跟玄關一直凝視著，並且靜靜地揮手。

不斷不斷地揮著手。

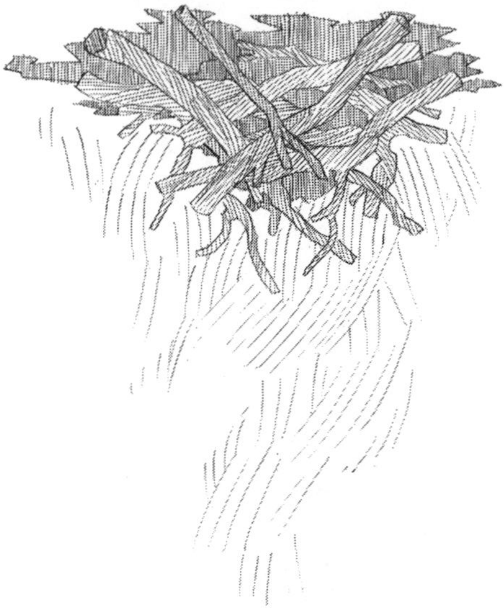

第八話
「帶著祝福」
—How Much Do I Pay For?—

第八話「帶著祝福」

—How Much Do I Pay For?—

我名叫陸，是一隻狗。

我有著又白又蓬鬆的長毛。雖然我總是露出笑咪咪的表情，但那並不表示我總是那麼開心。

我天生就長這副模樣。

西茲少爺是我的主人。

我們開著越野車行駛在雪原上。

西茲少爺依舊穿著綠色毛衣，再套著運動外套，臉上則戴著有色的防風眼鏡。而我則坐在副駕駛座，直盯著前方看。

冬天積的雪已經融化得差不多了，不僅腳踏在雪地時下陷的高度減低，越野車的底盤在行駛中跟與雪地摩擦的情況也消失了。不過放眼望去還是一片平坦的白色空間，灰色的雲層則籠罩著天空，完全看不見早晨的太陽。

越野車在原本是道路的雪地上行走。可是，位於車子後方的引擎有點問題，有時迴轉不太順暢，不是冒出大量黑煙，就是突然熄火。

西茲少爺為了不讓引擎停下來，只好慌張地打排檔、踩離合器，硬讓越野車繼續行駛。他口吐白氣說道：

「果然，平日沒有好好保養就會有這種下場。」

越野車的前輪劃開堅硬的白雪、纏著雪鍊的後輪則不斷把雪地下的泥土翻開，持續往北行進。

接近中午時，終於看到遠在地平線上的棕色城牆。那是個彷彿飄浮在白色海洋裡的大國。

棕色磚瓦的高大城牆把這國家團團圍住。位於城牆上，古色古香的塔台倒是別有一番風味地等距排列著。

這裡的城門也建得很浮華，西茲少爺在此申請入境。裡面的衛兵詢問他將停留幾天。

西茲少爺據實以告地說他會儘早出境，但還不確定。

「至少要等我的越野車修好，我之後還有安排其他的行程，因此盡可能不滯留太久。」

於是衛兵提議既然無法決定期限，那就允許我們入境最長十天。西茲少爺也同意這個提議。

我們在國內的道路開著這輛沾滿污泥的越野車。

已經很久沒造訪像這樣科技發達的富庶國家了。交通繁忙的大馬路上有許多車輛來來往往，道路兩旁建了好幾片陽台種有綠色植物的集中式精美住宅，還並排著創意十足的街燈跟路樹。走在街上衣著華麗、看似富裕的人們，無不好奇地望著我們。

詢問路人後，得知住宅區外靠近國家中央的地方有一座汽車修理廠。於是我們立刻趕去那兒修引擎。

技工看過之後，判斷那問題很容易修，但無法確定何時能夠修好，而且需要更換引擎耗損的零件。如果附近倉庫找得到那個零件，大概明天早上就能修好。沒有的話就可能要花兩三天，甚至更久。於是西茲少爺把越野車放在修理廠裡，並詢問他們的聯絡電話。

他從車上拿出一只黑色的大布袋，然後漫步在市區內。當我們走到附近路人告訴我們的大飯店前面，

「真不適合我，我也沒那心情住這種地方。」

於是西茲少爺往回走，離開那家佈滿美麗的帷幕玻璃的閃亮建築物。

他說要找便宜一點的地方，於是就站在路口眺望市區。南區皆為高大的建築物，排列得相當井然有序。但相對的，北區就全是低矮住宅，雜亂無章的聚集著。於是西茲少爺往北區走去。

不久，周遭的景色變得越來越不美麗。道路不僅狹窄，連路肩都還留著殘雪。屋頂晾著大量衣物的住宅又窄又小。

在寒冷的空氣中，西茲少爺在行人稀少的路上心不在焉地漫步。突然背後有人用不客氣的口吻問他「你要去哪裡？」

回頭一看，是一名身穿制服的中年警察。他看到西茲少爺後略為驚訝地說：

「原來是旅行者啊？勸你最好別再往前走了。」

警察說前面的北區居住著這國家最貧窮的百姓，幾乎跟貧民區沒什麼兩樣。而且他們在這國家的獨立身分制度裡，也是屬於最低賤的。

「原來如此，身分不同啊？」

西茲少爺喃喃地說道。

「難不成旅行者是絕對平等主義者？」

警察問道。

「不是的。」

「不是就好——其實還真有些傢伙在入境之後，竟然對我國的身分制度大肆批評起來。似乎無法允許這種殘酷的事。但終究我國的社會是承襲悠久的歷史留傳至今的，實在很不希望外人隨便亂加批評。」

「原來如此，我對他們的生活沒興趣。只是我不太習慣住高級旅館，因此正在找便宜廉價的旅館罷了。」

「你真是個怪人，那就隨便你吧——只是，這前面住的盡是既貧窮又骯髒的傢伙。他們幾乎都不工作，只靠賣血、賣器官維生，或是靠一些雞鳴狗盜的行徑橫行街頭。我只能先提醒你那裡的治安非常差。」

「賣血跟賣器官啊……想必能賣很高的價錢吧？」

「沒錯。從活人身上摘取器官雖然違法，但他們的客戶都是些達官貴人，所以才沒有取締。」

「原來如此，那人工器官呢？」

「有是有，但那種替代品並不能延長人類的壽命，終究還是得用真的器官，所以行情一直居高不下。於是國家就有靠此道維生的人，也有能夠長命百歲的人了。——旅行者你也要小心器官別被搶走哦！」

西茲少爺禮貌性地向他道謝，警察也把他當好事者看待，馬上轉身離去。

越往裡面走，街景也越來越荒涼，而且越來越骯髒。實在無法想像這裡跟南區同屬一個國家。

後來我們來到一條小巷，並發現那裡有不少人，於是西茲少爺毫不考慮就走了進去。

被髒兮兮的殘雪弄濕的石板路兩旁，夾雜著棕色的屋舍，讓人有種壓迫感。房屋外牆的油漆斑駁，磚瓦不是缺角就是早已掉落。

屋簷下可見幾處零零星星的店面，卻好似沒賣什麼東西。女人坐在自家門口無所事事，男人們則大白天就在汽油桶旁烤火。走在這樣的地方，我們顯得非常引人注目。髒兮兮打赤腳走在路上的孩子們還直盯著我們瞧。

不久，幾個一看就知道平日遊手好閒且精力過剩的年輕男子站向西茲少爺面前。他們擋住去路，直往他身上打量——接下來發生的事，全跟我預料的一模一樣。

面對想詢問廉價旅館位置且從容不迫的西茲少爺，男子們衝上來準備來一陣痛毆。結果被西茲少爺稍微教訓了一番。人到了治安不好的地方，一開始就該表現出自己的強勢，以省去許多不必要的麻煩。

當西茲少爺再度詢問他們的時候，那群年輕人反而還特地為我們帶路。那是一處有些偏僻且髒亂不堪的街上、一間大眾餐館樓上的平價旅館。在老闆娘帶我們參觀的小房間裡，只有一張床跟一張椅子，還有一個小小的電暖爐。

西茲少爺只是簡短地對旅館老闆娘說：

「我們就住這裡吧。」

西茲少爺在傍晚的時候回到房間。還說修理廠在得知他投宿時的地方還嚇了一大跳。

西茲少爺從布袋裡拿出一把收在黑色刀鞘裡的刀，這是西茲少爺的愛刀。他慢慢地把刀子拔出來，刀身沒有任何髒污。

然後他又把刀子收進刀鞘裡。

「我想再跟你談這件事——」

我先起了個開頭，

「你真的決定要去嗎？」

我問了這個截至目前為止不知問了多少次的問題。

西茲少爺回我的依舊是回了不知多少次的相同答案。

接著再討論過去討論過不知多少次的話題。

然後在不知得到了多少次的相同結論下結束話題。

我嘆了一口氣趴在床邊，這時聽到有人輕敲房門。打從剛才我就一直覺得走廊好像有人。

西茲少爺下了床，走了幾步到門前，慢慢把門打開。

站在門口的是一個女孩。

年約十二歲、將黑髮紮成兩條辮子的她，身上穿著舊舊的紫色洋裝樣式的本國服裝，也是一副附近居民的骯髒模樣。腳上的靴子也是千瘡百孔、破破爛爛的。

「什麼事？」

略帶驚訝的西茲少爺問道，那女孩則盯著西茲少爺看了幾秒。她的身高大約到西茲少爺的胸部，身上還背著一只大竹籠，她用不太大聲的聲音說：

「我四處收集廢鐵賣錢，請問你有不要的廢鐵嗎？」

西茲少爺輕輕搖頭說：

「我這兒倒是有一隻吵死人的狗，妳要嗎？」

我在後面拼命抗議。

「西茲少爺，你這樣講太過份了！」

「開玩笑的啦！」

然後又對門口的女孩說：

「我才剛住進來，所以沒有妳要的廢鐵。」

「是嗎……」

那女孩說了一聲抱歉打擾了，便輕輕向我們鞠了個躬。

西茲少爺把門關上，我從門縫看到女孩抬起頭一直往屋裡瞧，從她的眼神，我發現事情並不尋常。

她的眼神銳利又強烈，似乎隱藏著什麼重大決定。就一名頂著髒兮兮的臉與貧窮搏鬥，而且為生活四處奔波的女孩來說，那種眼神實在太不搭軋了。

隔天早上。

事情就發生在西茲少爺跟我到一樓吃早餐的時候。當時西茲少爺正撕下桌上的麵包往嘴裡送，而我則坐在地板等西茲少爺用餐完畢後再吃自己眼前的早餐。外頭的街道人來人往，感覺還蠻熱鬧的。天上的太陽露出臉來，照得街道暖洋洋的。

此時昨天那個少女冒冒失失地跑進餐廳。我一直注意著她。

少女走向吃完麵包正在喝豌豆湯的西茲少爺，

「早安！西茲少爺！」

和昨天截然不同，她背對著外面的陽光，用開朗的大嗓門說道。西茲少爺停下喝湯的手並看著她。

「我叫拉法！」

少女報上自己的名字，然後拉法又繼續說：

「西茲少爺，請你買下我！」

「……啊？」

西茲少爺十分訝異。

「請買下我！這樣我就能替西茲少爺工作！」

拉法不斷用笑臉攻勢。

西茲少爺好奇地望著拉法，她也毫不客氣地走向西茲少爺的座位前。

「我不瞭解妳的意思。」

西茲少爺說道。

「那麼請聽我解釋！請西茲少爺付錢買下我，這樣我就能變成您的私人財產，而且還能和西茲少爺一起出國旅行。我願意當西茲少爺的佣人，並努力工作的！」

「…………我不需要什麼佣人。」

西茲少爺說完這句話，就加快吃早餐的速度。拉法不管三七二十一地繼續說：

「我告訴您理由吧！我想離開這個國家。在這國家像我這種最低級的平民，生活都很貧困。為了要賺錢養家，我還無法上學。我不想再這樣下去，我已經受夠這種生活了。我想離開這個國家到外面去，但是我沒辦法離開。因為最低級的平民被禁止擅自出國。所以只要西茲少爺買下我，讓我成為您的私人財產，我就能毫無問題地離開這個國家！」

「…………」

西茲少爺默默地繼續吃他的早餐。

「拜託拜託！請您買下我！」

「買下我很划算的！我很能工作的！」

「我會做飯！也會洗衣服！還會縫衣服！」

「還有，講這件事有些不好意思……好歹我也是個女孩子……如果西茲少爺希望的話，你可以躺在我的腿上，我會唱搖籃曲給您聽的！」

西茲少爺完全不理會她，逕自把早餐吃完了。

他把嘴巴擦乾淨後站了起來，舉手示意拉法不准跟過來。然後跟廚房的人借用掛在牆上那具

看似快壞掉的電話。

我正打算要吃自己的早餐，然後抬頭看看不再纏著西茲少爺的拉法。她一發現我，便走上前蹲在我旁邊說：

「請問要怎麼做才能說服他呢？」

我回答不知道。要是真說服得了他，我就不用這麼辛苦了。

看到西茲少爺走回來，拉法便站了起來，指著我說：

「你看你看！我剛剛有跟這隻狗聊過，牠也很開心地贊同我的計劃呢！對吧？」

對什麼對啊？

「我這表情是天生的……我根本就沒有贊同，至少現在沒有。」

「隨便啦！總之帶我走！買下我好嗎？」

周遭的人們看到在餐廳引起騷動的拉法，紛紛別開視線，什麼話也沒說。不曉得是贊同她呢，還是不想惹事？

西茲少爺看著我，

「你可以吃了。還有修理——」

他看了一眼拉法。然後用介於『我對她可沒什麼興趣』及『真不想當著她的面說這件事』的表情說：

「大概還要花兩天的時間。」

「拜託！請您買下我！帶我走！帶我走啦！」

拉法追著西茲少爺上樓，甚至追到我們房間門口。她高亢的聲音響遍整個走廊。結果害我沒機會好好享用早餐，只得叼著麵包回房間。

西茲少爺打開房門，並回頭對我說：

「陸！」

「什麼事，西茲少爺。」

「喔～你叫陸啊？請多多指教，陸——西茲少爺，拜託！」

「接下來就交給你處理了。」

「什麼？」

就在我說這句話的同時，門也「砰」地被關上，還傳來「卡嚓」的鎖門聲。

「呿！」

此時拉法的聲音從我頭上傳來。

「我說狗兒……不對，陸。我該怎麼做才能博得他的歡心呢？」

我哪知道。

「不要一直笑，快回答我啦！」

「我哪有笑！」

然後拉法說她今天一整天有工作要做，馬上就得離開了。

她臨走前又挑明說，除非西茲少爺買下她，否則會繼續找時間過來說服他的。

「反正與我無關。」

進了房間後，我跟西茲少爺講了拉法的事，西茲少爺卻這麼說。

西茲少爺那一整天都待在旅館房間裡。

在寒冷的房裡，他一會兒坐在椅子上盯著某個地方看。一會兒拔刀看著刀身好些時間。除此之外什麼都沒做，連午餐也沒吃。

我什麼話也沒說，不是坐在他旁邊，不然就是趴在地上，看著從窗外投射進來的陰影隨陽光的角度緩緩移動。

到了傍晚，逐漸往西北方下沉的太陽，把屋內染成一片橘紅色。

「只要能到那個國家就行了……」

過了半天之後，西茲少爺終於開口喃喃說道。

「關於這件事，我覺得最好在這裡把它完全修好。要是在只差一步的時候又故障的話怎麼辦？」

我這麼一說，西茲少爺便笑了起來。那並不是開心的笑，而是奸詐的笑。

「很簡單，我只要襲擊為此而來的傢伙，並搶走他們的交通工具，結果還不是一樣，這樣不就沒問題了？」

「西茲少爺——」

西茲少爺打斷了我的話，並且語氣沉穩地說：

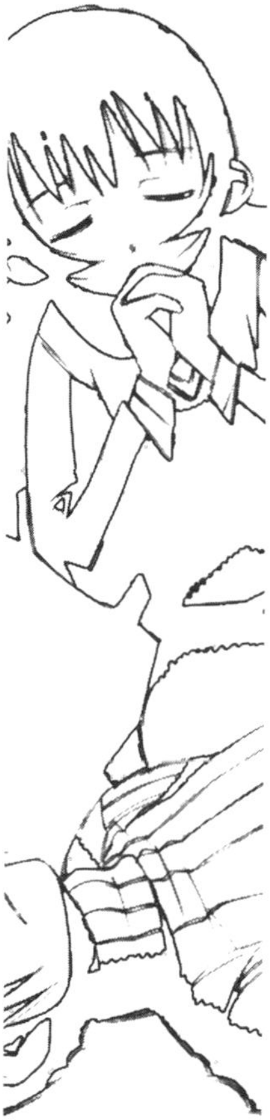

「帶著祝福」
—How Much Do I Pay For?—

「別再說了。」

「晚安，西茲少爺！請問您決定買下我了嗎？」

吃晚飯時，拉法又來了。外頭天色已暗。她的竹籠裡裝了少得可憐的廢鐵，這應該就是她工作了一整天的收穫吧。

「還沒。」

西茲少爺看也沒看她一眼地簡短回答。

「還沒？那您明天會買下我嗎？」

「不曉得。」

「沒關係！不管是明天或後天，我隨時等您來買下我！」

「是嗎？」

「無論何時買下我都可以！」

「原來如此。」

「不過今天我沒時間跟您聊了，我明天再來！」

「再見。」

「那我走囉！明天見，陸！」

她像暴風雨般的離去，西茲少爺則繼續靜靜地吃他的晚餐。

隔天，也就是我們入境後的第三天。

吃早餐時，拉法並沒有出現。西茲少爺得以悠哉悠哉地享用了早餐。接著他和修理廠聯絡，對方說零件會在中午送到，因此明天早上就能把越野車修好。

「那就明天早上出發吧。」

我問西茲少爺在出發之前有什麼打算。

「這時候也沒什麼事可做吧？」

西茲少爺答道。回到房間後，他跟昨天一樣只是坐著休息。連我都分不清他到底是在發呆，還是在思考了。

不久天空的雲層變厚，這下即使會下雪也不足為奇了。西茲少爺沒有開燈，像個隱居在別墅

「帶著祝福」
—How Much Do I Pay For?—

裡的老人般坐在椅子上不動。

如果她中午也沒有來瞎攪和的話，西茲少爺鐵定又會坐上一整天了。

「您好！您好！」

門被敲得很猛，而且還沒等另一頭回答就被打了開來。

拉法走進了房間。今天她並沒有背著那個跟她的身材極不相稱的大竹籠。

「我硬跟老闆說今天下午我要請假！」

也沒等我們開口詢問，她自己就先說明了。

西茲少爺還是坐在椅子上，他先看了拉法一眼，接下來不管眼前有什麼東西，他都裝做視而不見。

「所以等一下我會一直待在這裡！西茲少爺，請您買下我！今天您一定要買下我！並且帶我離開這個國家！」

雖然她不斷地推銷自己，但是西茲少爺就是一副充耳不聞的樣子，完全不為所動，只是若有所思地繼續坐在椅子上。

倒是拉法，真不曉得她哪來那麼多精力，竟然能夠一直說個不停。看著他們兩個，我覺得有些訝異，也感到有點佩服。

過了將近一小時，西茲少爺突然轉頭看向拉法。

她還是滔滔不絕地嘮叨著。

「我天生就因為貧窮而無法上學，所以也找不到好工作，使得我家的生活變得越來越貧困。」

正當她那麼說的時候，

「……我想問妳一件事。」

沉默許久的西茲少爺終於開口了。

「請說！什麼事呢？」

「妳有家人嗎？」

聽到這個問題，拉法突然壓低語氣說：

「有……」

她只如此回答。

「現在他們在做些什麼？」

「我爸爸沒工作……而媽媽每天光是做家事就很辛苦了，至於我的弟弟妹妹年紀都還很小……我是七個兄弟姐妹中的老大。」

「現在家裡就靠妳一個人維生？」

「是的……」

西茲少爺從椅背上站了起來，原本站在他前面的拉法，反而往後退了一下。

「請妳老實告訴我，如果家裡失去妳這個生活支柱，從此就不再有收入。那留在家鄉的他們該如何活下去呢？」

西茲少爺看著拉法，然後一字一句親切地詢問她。

沉寂了一會兒之後，

拉法一臉正經地回答：

「我不曉得，反正他們只要出去找工作就行了。他們也可以休學，為了填飽自己的肚子或為了活下去，每天努力工作就行啦！我以前還不是這樣熬過來的？」

「原來如此。換句話說，跟父母、兄弟姐妹比起來，妳比較重視自己的利益？」

西茲少爺語帶諷刺地說道，拉法則看著他。不，應該說是回瞪他。而且立刻輕輕點了點頭。

「沒錯——我是比較重視自己的利益。自己的人生本來就要自己開創。我就是希望能過自己想要的人生，才會站在這裡，拼命向西茲少爺推銷自己。我覺得自己再也遇不到這麼好的機會了，所以、所以……請您務必買下我……」

拉法像在祈禱似地雙手緊握在胸前，並且緊閉著雙眼。

「好狠的傢伙。」

西茲少爺說道，而且還露出淡淡的微笑。那句話的含意究竟是說誰呢？

西茲少爺又問：

「要多少？」

「咦？」

拉法訝異地睜開眼睛。

「我在問要出多少錢才能買下妳。」

興奮過頭的拉法好不容易才冷靜下來，她講的那筆金額就買賣人口來說到底是貴還是便宜？到底合不合理？其實我也不曉得。但是西茲少爺幾乎毫不考慮就說：

「我知道了。」

據說是要到附近的區公所支付，這樣拉法在法律上就會變成西茲少爺的財產。

拉法詢問出境的日期，西茲少爺告訴她是明天中午。早上他要去拿越野車，再採購一些必需品——當然也包括拉法。

拉法說她知道了，並約定明天上午在街道入口會合。

「請你絕對要遵守約定！絕對絕對要哦！不然的話，我……！我……！」

看拉法一副想咬人的樣子，西茲少爺說：

「知道啦，只要我說過的話就會遵守到底。只是請妳不要帶太多行李哦。」

「放心！屆時行李就只有我一個人而已！」

到了晚上。

在只有一盞小燈的房間裡，西茲少爺繼續保養他的刀。而我只是靜靜地看著。

結束之後，我對西茲少爺說：

「多了一個旅行伙伴，感覺還不錯呢。」

西茲少爺看著我說：

「陸——等我們出境之後就讓那孩子走，隨便她想去哪兒都行。」

「那她不就會馬上沒命？——畢竟她又不是狗。」

「那不然到下一個國家再讓她離開。至少她可以在那兒當佣人養活自己。只是對她來說，那不過是換個地方生活而已。只要靠她自身的努力再加上一點運氣，應該有辦法過不錯的生活吧？」

「但下一個國家不就是……」

我語帶保留地說道，然後西茲少爺睜大眼睛說：

「……我都給忘了。」

西茲少爺真的是嚇了一跳。而且還對自己的舉動感到訝異地說：

「我到底在講什麼啊……我……」

西茲少爺搖著頭。明知道可能行不通，但我還是死馬當活馬醫地提議說：

「西茲少爺，不然這麼做你覺得如何？我們延後預定計劃，先找個地方安置她——」

「不行。那個時候……對了，到時候就全交給你處理吧。」

「哪有這種事——」

「晚安。」

說完西茲少爺就熄燈休息了。

隔天早上。

天氣陰沉沉的。西茲少爺跟我到修理場取越野車。我們拿了修好的越野車跟引擎之前耗損的零件。

然後在宛如另一個世界的南區補給燃料、糧食跟水。西茲少爺一語不發地採購比平常還要多的份量。

而在會合地點等待的並不只有她一個人。其他人看起來像是她的家人。有她年輕的父母，以及六名小孩。

拉法一看到我們，便開心地拼命揮手。反倒是她父母及弟弟妹妹們卻什麼話也沒說地拼命哭泣。他們並沒有任何請求或怨言。只是一味地哭泣。

「那我要走了！」

拉法只留下這句話就鑽進我坐的副駕駛座。她身上只穿著平常那件紫色洋裝，沒有帶任何行李。還真的只有她一個人而已。於是我讓出副駕駛座，移動到後方擺放行李的置物架上。

「好了嗎？」

西茲少爺問道，拉法回答：

「好了，我們走吧。先到區公所去。」

西茲少爺開著越野車逐漸遠離一直哭哭啼啼的那家人。

在城門須通過出境審查。衛兵一看到拉法便訝異地說：

「旅行者？……這、這個骯髒的賤民女孩是怎麼回事？」

「我基於某些原因把她買了下來，其他的事就請不要再追究了。」

西茲少爺話一說完，拉法隨即遞出「收據」回答：

「沒錯，我已經屬於西茲少爺所有。請問在出境上有什麼問題嗎？」

「沒有……」

衛兵搖搖頭回答。

我們先繞到不遠的區公所，西茲少爺在此登記他「買下」拉法。看著堆在眼前的錢，區公所的男子嚇得目瞪口呆。

『我的住址寫在這裡，請轉告我家人我已經被順利賣出，一定要告訴他們哦！』

拉法諄諄叮嚀，那男子也無話可說。

然後城門慢慢打開。

當沉重的城門打開，看到眼前一整片白色的地平線，

「哇……」

拉法不禁發出感嘆聲。她從副駕駛座站起來，然後動也不動。

那國家外面是一片雪原。冬天即將結束，滿地的雪將逐漸變薄，小草將從大地竄出來，把這裡變成一片綠油油的草原。

西茲少爺開著越野車駛出城門。在他熟練地裝上鐵鏈時，拉法只是凝視著灰色天空下的白色大地。此時，背後的城門也關了起來。

「妳只穿這衣服，不冷嗎？」

穿著運動外套的西茲少爺問道。拉法說她早就習慣寒冷了。

「倒是我們快走吧！到看不見城牆的雪原正中央！快點！」

「知道了啦！」

西茲少爺發動引擎，這次它再也沒有冒黑煙，還運轉得非常順暢。

越野車開始往前進。

那真的是過沒多久的事。

我們出發沒過多久。就在我們回頭連她出生國家的影子都看不到的時候……

「停車。」

拉法說道。

「嗯？」

西茲少爺看著右側，拉法則看向左側。

「請您停車好嗎？」

西茲少爺停下越野車。那地方正是雪原的正中間。也是四周一望無際的白色地平線中央。

「怎麼了？」

拉法不發一語地從越野車跳下去，表情冷靜地踏著雪地往前走。

不一會兒拉法停下腳步。整片雪原只看見她的背影。如果現在上空有鳥兒飛過的話，應該就只看到一輛越野車，還有佇立在不遠處的一名少女吧？

然後，

「妳要在那兒站多久？要丟下妳囉！」

拿下防風眼鏡的西茲少爺說道。他的語氣聽起來一點都不生氣。

拉法突然回過頭來，她的辮子也跟著搖晃。

她面帶微笑地說：

「嗯，反正我遲早會被丟下的。」

西茲少爺露出訝異的表情，還對拉法說了之前曾對她說過的話。

「我不懂妳的意思。」

「因為我馬上就要死了。」

拉法說道。西茲少爺關掉越野車的引擎，無風的雪原突然變得鴉雀無聲。

「因為我馬上就要死了。」

她又說了一次。

拉法等西茲少爺步下越野車走到她身旁後，便開始解釋。而我則留在車上聽他們談話。

「今天早上我去醫院賣了我的器官。現在體內被裝了不知名的奇怪機器，是用來代替原本的器官的。聽說那種機器跟止痛藥的效果都無法撐過半天以上。」

「為什麼要那麼做？」

「我很需要錢。那筆錢，還有西茲少爺在區公所支付的錢——會全數送到我家人手上，而且金

額比一般定價要高出許多。」

「那麼做有什麼用嗎？」

「那是一筆很大的金額，夠我家人吃上好幾年。也可以讓我弟弟妹妹們上學，他們就不必像我這樣出來辛苦賺錢。等他們從學校畢業，至少還能找份不錯的工作做。全家人就能因此得救。」

「…………」

「然後我終於在最後得以看到國外的景色。我從以前就很想看呢。」

拉法再次望著遠處的地平線。西茲少爺也站在她旁邊眺望同樣的方位。只見高大的西茲少爺跟身高還不及他肩膀的拉法並肩背對著我。

「換句話說——」

西茲少爺開口說話。

「妳欺騙了我？然後還讓我浪費錢？」

「是的，對不起。」

拉法一面看著前方相同的景色，一面回答。

「其實妳不覺得自己有錯吧？」

「是的，一點也不覺得。」

西茲少爺可能在苦笑吧，我聽到他發出的微微笑聲。

「因為——」

「因為什麼？」

「西茲少爺不久也將會死吧？」

兩人一起在雪原上繼續說話。

而我則坐在引擎蓋上望著他們倆的背影。

「那個時候西茲少爺有這麼說過吧？因為我有聽到你這麼說。」

「那個時候？喔～就是我們第一次見面的傍晚，我正跟陸在房裡爭執的那個時候嗎？我的確這麼說過。」

我也在聽他們的對話。

「當時西茲少爺說『即使犧牲性命也在所不惜』。我聽到那句話之後，頭一次發現這世上還有這個方法，並瞭解我也可以試試這個方法——於是就想『自己也來試試看吧』。因此才決定『來騙

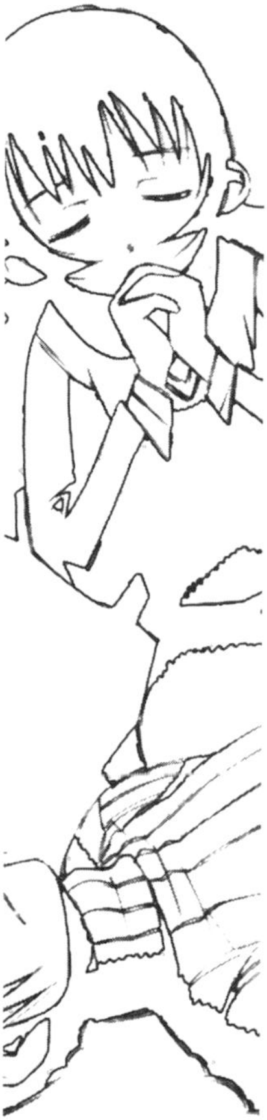

騙這個人吧』。」

「原來如此……」

「我覺得這就是我應該做的事。這是西茲少爺最初也是最後賜給我的機會。也是我開創自己命運的唯一方法。」

然後拉法抬頭看著西茲少爺，滿臉笑容地說：

「結果非常圓滿。」

「這就是所謂的『結果好就是好』啊……」

西茲少爺說道。

「那是什麼意思？」

「是我家鄉的諺語。意指事情如果順利結束，就等於整個過程都很完美。還可以用來解釋人生最後的結局將決定那個人的一生是如何——意義上可能有些許差異，不過應該就是這樣吧？」

「我現在很希望自己能夠不要死，如果能一直跟著西茲少爺旅行，一定會很開心的。可是西茲少爺為了完成自己的目標，會在下一個國家死掉對吧？所以我那個心願是無法完成了——這是無從選擇的。」

「沒錯，是無法完成了。」

「看來，在這裡分開應該是最好的做法。」

「我想也是。」

「最後我還有一個心願……我的肚子從剛才就有點痛。現在講這個或許無濟於事，可是我又非常討厭疼痛這種事。所以請西茲少爺……」

「喔……知道了。」

西茲少爺如此說道，拉法滿意地輕輕點頭。

接著拉法望著雪原。

但眼前只是一片白茫茫又單調的景色。

「西茲少爺，外面的世界真的好美哦。」

「是嗎？——或許吧。」

「不曉得是否還有比這裡更美更棒的地方呢？」

「這個嘛……我也不知道。」

拉法點點頭說：

「我想也是。」

這個時候，拉法跟西茲少爺面對面。

拉法伸出雙手撫摸著西茲少爺的臉頰。

「我會祈禱西茲少爺能夠心想事成的。」

「謝謝——我一定會完成的。我對自己的行動一點也不覺得困惑，也沒必要求神問佛。」

西茲少爺說道。

「請您蹲下來好嗎？」

拉法如此說，西茲少爺也照她的話去做。拉法閉上眼睛，輕輕吻了西茲少爺的臉頰。

「這是我的祝福。」

拉法略帶羞澀地說道。

接著她說出生前最後一句話。

「我會等您的。」

西茲少爺點頭說聲「好」。

西茲少爺非常清楚如何讓人痛苦至死的方法。

不過相反的方法他也很清楚。

他讓拉法的屍體躺在雪地上，然後跪在旁邊閉上雙眼。

我從越野車上跳了下來，踩著雪地走到她身旁。

睜開眼睛的西茲少爺看看我，再看看雙眼緊閉的拉法。

「她的笑容真美，我也希望死的時候能有這麼美的笑容。」

西茲少爺在說這句話的時候，臉上浮現出過去從未見過的沉穩笑容。那跟拉法現在的表情很像，他笑得非常美麗。

「帶著祝福」
—How Much Do I Pay For?—

在無風的雪原上，用鏟子挖掘潮濕泥土的規則聲音持續傳出。

接著又變成把泥土回填的聲音。

西茲少爺拿著沾滿泥土的鏟子回到車上。我從來沒看過西茲少爺哭，這次也沒看到。

西茲少爺把鏟子固定在載貨架上後，便回到駕駛座上。他對著站在一旁雪地上的我說：

「結果讓人家搶先一步了。照理說不可能有她辦得到而我辦不到的事。事情若演變成這樣，一定會被她取笑的——好了，我們走吧，陸。」

我對開心地戴上防風眼鏡的西茲少爺說：

「請恕我再問一次，要不要再考慮考慮？」

「沒那個時間了。現在去的話正好，而且車況也很順。」

說著，西茲少爺便發動了引擎。

我看著西茲少爺，坐在駕駛座的他看著前方向我問道：

「怎麼樣？你也要在這裡跟我分手嗎？」

「不，我將陪伴西茲少爺到最後一刻。」

「是嗎？那上車吧。」

我跳上引擎蓋，然後衝到我的固定位子——也就是越野車的副駕駛座，一如往常地面向前方坐定。

接著西茲少爺把右手放在我頭上拼命撫摸。

越野車一面發出運轉順暢的引擎聲，一面在雪原上行進。

越野車的前輪劃開堅硬的白雪、纏著鐵鍊的後輪則不斷把雪地下的泥土翻開，持續往北行進。

目的地是西茲少爺的故鄉，那片只曉得互相殘殺的土地。

「帶著祝福」
—How Much Do I Pay For?—

——通往「競技場」之路

尾聲「誓言・a」

—a Kitchen Knife・a—

日記——××年××月××日。天氣晴。

今天真是我這輩子永難忘懷的日子。

也是我人生中最美好、最棒的一天。我是否還有機會在未來遇到比它更好的日子呢？

現在的我，很高興自己能在一天結束的時候，像這樣把自己的心情書寫下來。平常我只是寫一些無聊的事情，這時候是否能順利把想到的事情寫下來，連我自己都不曉得呢。

不過十二年以後，我鐵定會再次想起今天的事吧？不，無論我何時閱讀這篇文章，都會喚醒我此時的感動吧？我等一下要寫的事情，將成為截至目前為止的人生中最美好的日記。

天哪——我真的只有一句「開心」可言。

今天，我女兒出生了。

就在傍晚的時候，我接到通知趕去醫院。
第一次看到女兒的時候，她靜靜地睡在保溫箱裡。她的模樣真的好小好小，我的視線很快就曚矓了。
隔壁床上躺著我那完成重大責任的妻子，她看到我哭就笑了出來。那是一張非常美的笑容。
我拼命地拭淚，然後一語不發地親吻我妻子。妳表現得真好。不，應該說我們倆都一樣吧？
天哪，就算只是寫日記，就又讓我想哭了，筆跡都被淚水弄糊了。
今天我得到這輩子最珍貴的寶物。她體內流著我跟我妻子的血，是這世上無可替代的存在。
而且比全世界的任何事物還要珍貴，美麗。
我在此發誓。
在我有生之年，我將盡所有力量去疼愛我女兒，讓她過著幸福快樂的日子。
那孩子幸福，就等於我跟妻子得到幸福。

我們夫妻將永遠支持她。即使要跟全世界為敵，甚至犧牲一切，我們都會為了她挺身出來戰鬥。

那孩子應該會像我妻子那麼美麗吧？一想到接下來將看到她的成長，以及她的一切……那種幸福的感覺真是無法言喻，這世上還有比這更美好的事嗎？

等那孩子長大以後，就會跟我們一起工作。天哪，她結婚的時候我可能會哭吧？岳父當初哭得唏哩嘩啦的心情——可惡！——我終於能夠體會了。當時我還覺得他「真是個沒用的東西」，現在想想真是對他過意不去（下次讓他見孫女的時候，跟他低頭道個歉好了）。

接下來的日子應該會很美好吧？原本兩個人的家庭變成三個人，我們將開始過著美好的生活吧？就像過去的不安已經化為幸福，想必接下來的未來只要我誠心祈求，一切願望就都會實現吧？

明天（我已經請好假了）我要去醫院——雖然往後要看她多久都無所謂——我還是要更仔細地看看我女兒。

然後跟妻子討論一下該替她取什麼名字。當初我們想了好多男孩及女孩的名字，但就是沒有決定好要用哪一個。

可是今天從醫院回家的路上，碰巧有幾個人走在我旁邊——應該是在城門擔任入境管理工作的

——我不經意地聽到他們的對話，結果聽到一個相當適合的名字。

他們在聊此時盛開在國境外的紅色花朵。它們鮮艷的色彩染紅了整個世界，佈滿了地平線。

還說那種花只盛開在這個短短的季節裡。

當然我跟妻子都沒親眼看過那種花。其實不僅沒看過，應該也沒機會看到吧？我女兒也是。

不過我還是想把那個花名送給那個孩子。想必妻子也會舉雙手贊成吧？

每年只要一接近那孩子的生日，那種花就會在草原整片綻放，彷彿像在為她慶生呢！

他們告訴我那種花叫做

——××××——

然後，

【卷末特別問題】

看過「奇諾　旅VI」後，請寫下它的「後記」。

請注意以下幾點。

* 請以日文書寫，而且是大家看得懂的字。可以不必註明標題。
* 請以「在比利時，」做起頭，「性感極了！」做結尾。
* 字數限定在六〇〇字以上，八〇〇字以下。
* 請勿自行加上插畫。
* 至少使用一次以下的字眼。如「奇諾」、「『卡農』」、「師父的左臂」、「漢密斯在空中飛翔」、「西茲少爺哇哈哈！」、「陸的青梅竹馬」、「那種香蕉」、「好萌哦」、「阿姆爾河」。
* 禁止刊登的用語，則不拘字數地以「×××××」替換。
* 請一面倒立，一面在桌上書寫。

＊把圓周率設定為3。

〈回答欄〉

在比利時，

性感極了！

〈回答欄〉到此結束。

＊先寫完的人請重新檢查一遍。尤其注意不要有錯字、漏字、或漢字字尾假名有誤的情況。

＊寫完的人也請回答後面的問題。

＊即使先作答完畢也不用說「我寫完了」，以免造成其他人的壓力。請安靜坐在座位上，或以畫畫打發剩餘的時間。

出題者・時雨沢惠一

（摘自株式會社Media Works・二〇三四年招考新進人員試題）

國家圖書館出版品預行編目資料

奇諾の旅：the Beautiful World／時雨沢惠一作；
莊湘萍譯．--初版--臺北市：臺灣國際角川，
2004-〔民93-〕冊；公分
譯自：キノの旅：the Beautiful World
ISBN 986-7664-77-9（第1冊：平裝）.--
ISBN 986-7664-95-7（第2冊：平裝）.--
ISBN 986-7427-08-4（第3冊：平裝）.--
ISBN 986-7427-41-6（第4冊：平裝）.--
ISBN 986-7427-60-2（第5冊：平裝）.--
ISBN 986-7427-89-0（第6冊：平裝）.--
861.57　　93002314

Kadokawa
Fantastic
Novels

奇諾の旅 VI
—the Beautiful World—

（原著名：キノの旅VI—the Beautiful World—）

2004年12月25日　初版第1刷發行
2023年5月10日　初版第9刷發行

作　者：時雨沢惠一
插　畫：黑星紅白
日版設計：鎌部善彦
譯　者：莊湘萍

發行人：岩崎剛人
總編輯：蔡佩芬
編　輯：黎夢萍
美術設計：宋芳茹
印　務：李明修（主任）、張加恩（主任）、張凱棋

發行所：台灣角川股份有限公司
地　址：104台北市中山區松江路223號3樓
電　話：（02）2515-3000
傳　真：（02）2515-0033
網　址：www.kadokawa.com.tw
劃撥帳戶：台灣角川股份有限公司
劃撥帳號：19487412
法律顧問：有澤法律事務所
製　版：巨茂科技印刷有限公司
ISBN：978-986-742-789-2

KINO'S TRAVELS VI –the Beautiful World-

Edited by 電撃文庫
First published in Japan in 2002 by KADOKAWA CORPORATION, Tokyo.
Complex Chinese translation rights arranged with KADOKAWA CORPORATION, Tokyo